伝説となった
日本兵捕虜

ソ連四大劇場を建てた男たち

嶌 信彦

角川新書

目次

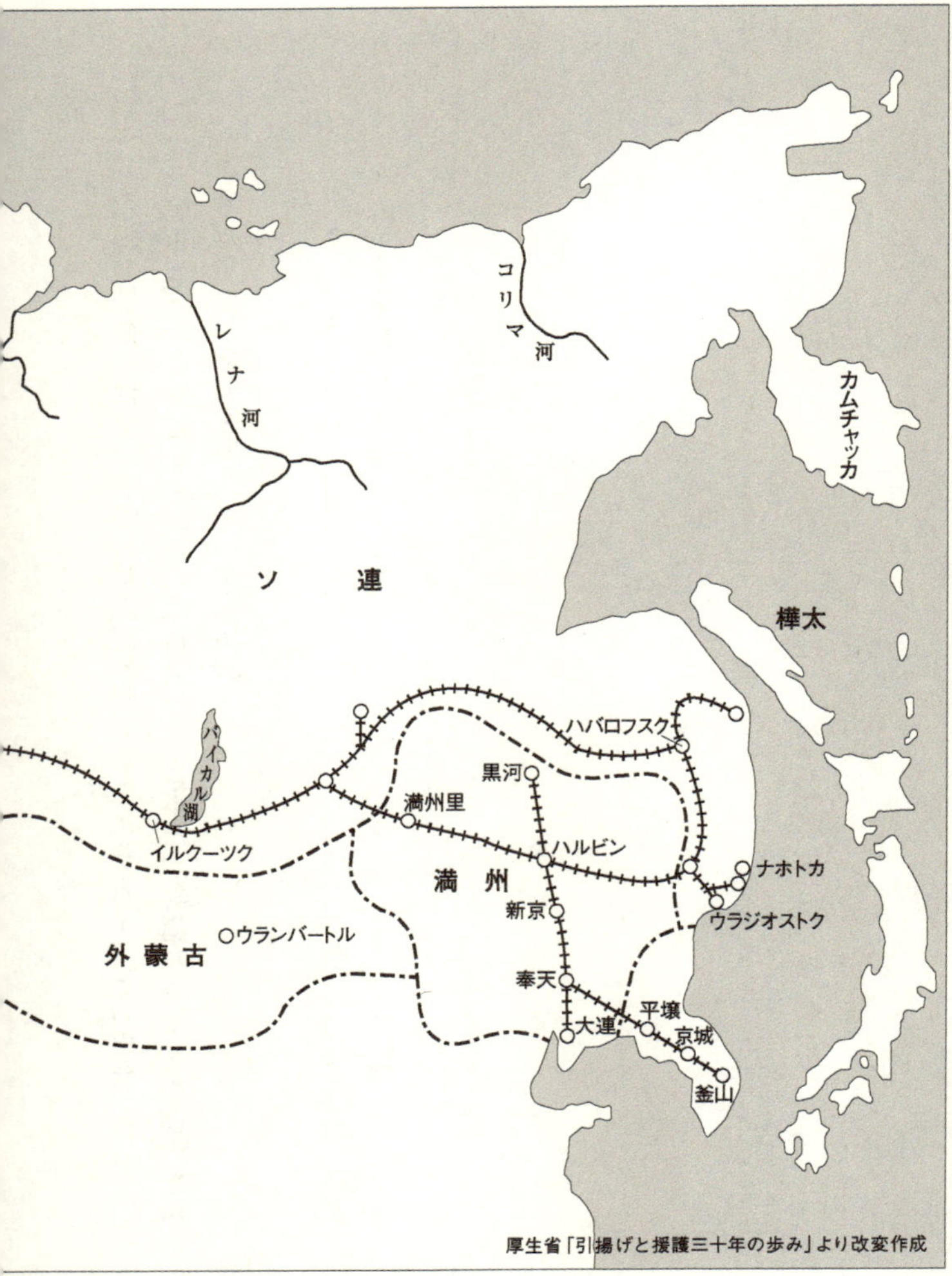

厚生省「引揚げと援護三十年の歩み」より改変作成

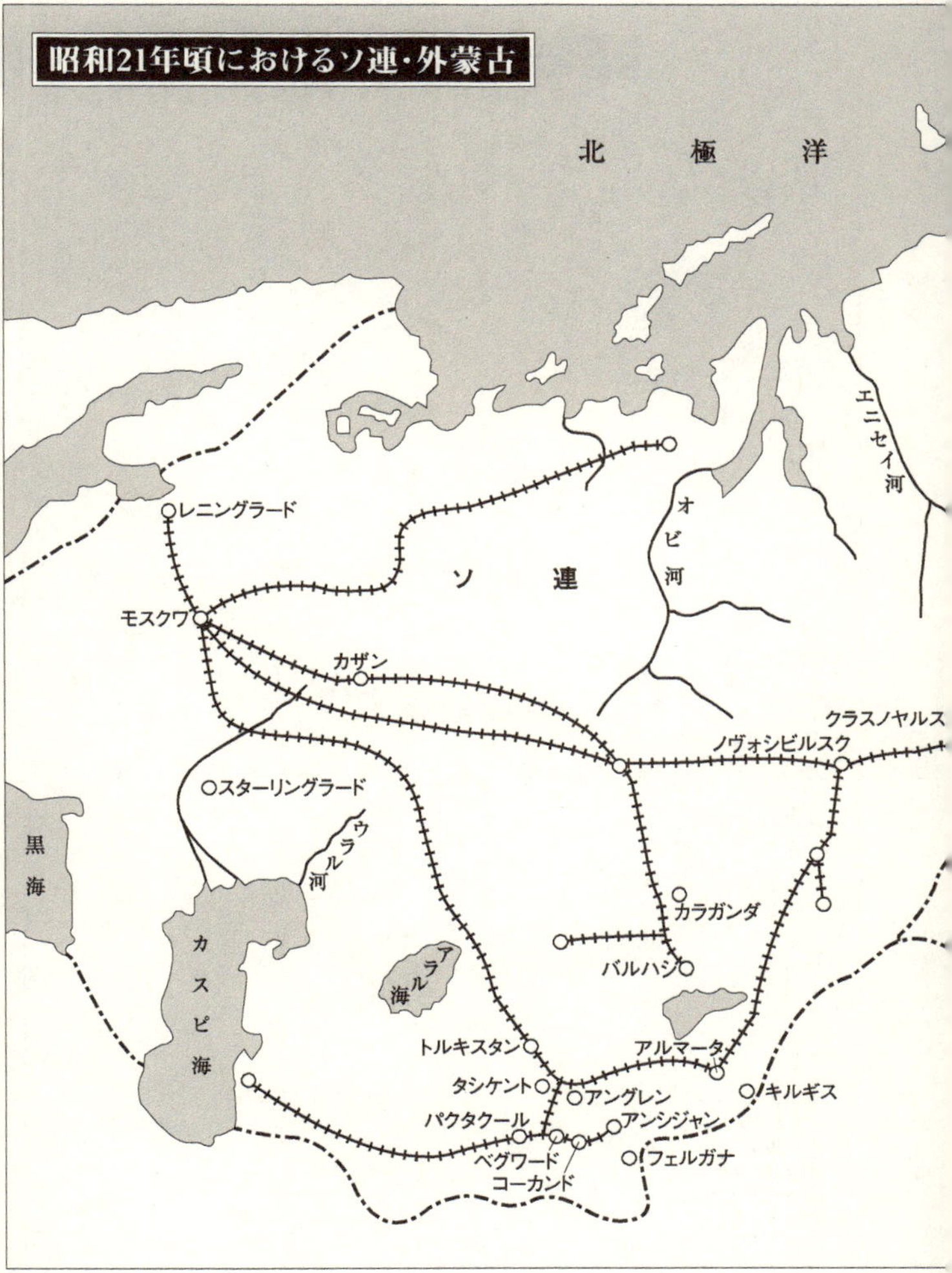
昭和21年頃におけるソ連・外蒙古
北極洋
ソ連
エニセイ河
オビ河
レニングラード
モスクワ
カザン
スターリングラード
ウラル河
黒海
カスピ海
アラル海
ノヴォシビルスク
クラスノヤルス
カラガンダ
バルハシ
トルキスタン
アルマータ
タシケント
アングレン
キルギス
パクタクール
アンシジャン
ベグワード
コーカンド
フェルガナ

ウズベキスタン周辺国(現在)
北　極　海
ロシア連邦
カザフスタン
モンゴル
カスピ海
黒海
①
②
③
④
⑤
⑥
イラン
中華人民共和国
日本
インド
太　平　洋
インド洋
①ウズベキスタン
②トルクメニスタン
③キルギス
④タジキスタン
⑤アフガニスタン
⑥パキスタン

序　章　シルクロードの〝日本人伝説〟

一九六六年四月二十六日午前五時二三分――中央《ちゆうおう》アジア・ウズベク・ソビエト社会主義《しやかいしゆぎ》共和国《きようわこく》（当時はソ連《れん》領）の首都タシケント市が、直下型の大地震に襲われた。震源地は市の中央部地下でマグニチュードは五・二だった。タシケント市は天山《てんざん》山脈の支脈から数十キロ離れた地にあり、弱い地震が頻発する所だったが、この日の地震は激しい揺れで、一挙に家がつぶれた光景があちこちで見られた。

しかも大きな余震が何度も続き、人々はみんな表に出て避難場所を求めて走った。その間も次々とやってくる余震で家が崩れた。家の崩れる音や様子がいつまでも続き、あちこちで悲鳴や泣き声が続いた。

「みんな外へ出て！」

母親となっていたウズベク人のゾーヤは、これまでに経験したことのない大きな揺れの地震に、大声で家族たちに向かって叫んだ。家の中にいては危ないと直感したのだ。その間もテーブルの上の置物が床に落ち、食器棚から皿や茶碗《ちゃわん》が落下して砕けた。

「外へ出たら近くのナボイ劇場の建っている公園に行って！　噴水の周りに集まりましょう」と言って子供の手をつかんで外へ飛び出した。外へ出てみると、あちこちの家が崩れているのが目に入ってきた。近所の人たちも外に出て自分の家の方を心配そうに見つめている。まだ大きな揺れが断続的にやってきているので、家の壁が崩れ落ちたり、窓ガラスや戸が地面にたたきつけられる惨状が続いていた。

ゾーヤがナボイ公園を咄嗟《とっさ》に思いついたのは、広い公園だったし、二〇年前の一〇代の頃、ナボイ劇場建設を手伝っていた時に聞いた日本《にほん》人捕虜の言葉を思い出したからだ。

ナボイ劇場建設に従事していた日本人捕虜たちは、みんな働き者でいい人ばかりだったし、ゾーヤたち若い女性に親切で、仕事のやり方だけではなく、休憩時間に日本の歌を教えてくれたりもした。そのような時、日本人の一人が「日本では地震が多く、揺れがくると机の下などに入って身を守るんだ。ただ、大地震になると家が倒れて逃げられなくなるので、〝これは大きいぞ、家が倒れるかもしれない〟と思ったら、迷わず外に出て広場などに避難した方がいい。大地震の時は、家が壊れるだけでなく道や橋も通れなくなるし、昼間や朝夕だと火事になりやすいから被害が大きくなる。関東《かんとう》大震災という大地震で被害にあった時は、死者は確か一〇万人を超えたし、建物がつぶれたり、火災などの住家被害は三七万軒に上って首都圏は壊滅状態になってしまったんだ」と、地震の恐ろしさを語ってくれたのだ。

ゾーヤはその話を思い出し、ナボイ公園に集まろうと家族や周囲の人々に叫んだ。と同時に、あの真面目で仕事熱心だった日本人捕虜たちの建てたナボイ劇場も壊れてしまったのだろうか、と気にもなっていた。ソ連の四大オペラハウスの一つと言われたあの壮麗なナボイ劇場は、自分も多少は手伝ったという自負があった。ゾーヤは心の中で〝ナボイ劇場は崩れていませんように〟と祈りながら公園に向かって急いだ。

「お母さんもあの劇場作りに参加していたの？」と子供たちは尋ねた。

「私たち女性は助手や事務の仕事が中心だったけどね。でも日本人はいい人が多く、日本の歌も私とザイナップに教えてくれたわ。私が一生懸命覚えて皆の前で歌ったら、みんな大喜びだった。『さくら　さくら』とか『草津節《くさつ》』などで、今でも覚えているから今度歌ってあげるわ」と昔を思い出しながら、『さくら　さくら』を口ずさんでみた。

「どこへ避難したらいいんだ、どこも建物がつぶれて危ないぞ」

「ナボイ劇場の建っている公園に行ってみよう。あそこは広い敷地だから大丈夫なんじゃないか」

そのような声があちらこちらに飛び交い、家を飛び出した多くの人たちは官庁街の近くにある、市中心部の通称ナボイ公園に向かった。

「劇場も倒れているんじゃないか」

「いや、倒れていたとしても公園は広いし、街中《まちなか》にいるより安全だろう」

当時のタシケント市の人口は約二〇〇万人弱。民家は日干しレンガ作りの家屋だっただけに被害は甚大だった。ソ連の調査によると、七〇〇の商店・レストラン、約一八〇の教育施設、約八万の家などが崩壊し、約三〇万人の人々が戸外に放り出された。タシケントの街は、ほぼ全壊したと言っても過言ではないほどだった。

しかし公園に来た人々は、みんな息を呑《の》むほどに驚いた。何とあのアリシェル・ナボイ劇場はどこも崩れることなく、すっくと何事もなかったかのように悠然とたたずんでいたからだ。タシケントのナボイ劇場は三階建て（地下一階）、一四〇〇席を持つ壮麗な建物で、旧ソ連ではモスクワ、レニングラード（現サンクトペテルブルク）、キエフのオペラハウスと並び称される四大劇場の一つとされていた。ソ連にある約八〇の劇場の中で、最高のボリショイ劇場の称号を持つ七つのうちの一つだった。

「外壁も崩れていないし、レンガ作りなのによく壊れず美しくそびえ立っているな」

「レンガの張り付け、積み上げ、継ぎ目などの仕事がしっかりしていたから、びくともしなかったんじゃないか。建物の角やレンガを積み重ねて形造っている目地も、相変わらず見事な美しさだ」

タシケント市のシンボルであるナボイ劇場が凜《りん》として建ち続けている姿を見て、涙ぐむ人さえいた。

「そういえば、あのナボイ劇場は第二次世界大戦後に満州《まんしゅう》から連れてこられた日本人捕虜が中心になって建てたものだ。あの頃、〝日本人は捕虜なのになぜあんなに一生懸命になって働くんだ〟と最初は不思議に思う人が多かったけど、将来笑いものになるような劇場を作ったら日本人の恥になると言っていたらしいよ。一緒に働いていたウズベク人は、日本人のそんな使命感のような話をよく聞いたと言っていたなあ」

ゾーヤも公園に着いた途端、美しいナボイ劇場がどこも崩れることなく建ち続けている姿を目の当たりにした。〝あのすごい地震と戦って勝ったんだわ〟と認識すると、自然に涙がこぼれ落ちてきた。子供たちに「ね、すごいでしょ。あの劇場作りをお母さんも手伝ったの。でも本当に一生懸命作ってくれたのは、一緒にいた捕虜の日本人だったのよ」と何度も言い聞かせた。

大地震に倒れなかったナボイ劇場の話は、瞬くうちにタシケント市内だけでなく、ウズベク（当時。現ウズベキスタン）国内や隣接するキルギス、カザフ（当時。現カザフスタン）、トルクメン（当時。現トルクメニスタン）、タジク（当時。現タジキスタン）など中央アジア各国にも伝わった。日本人は優秀で真面目な民族だという〝日本人伝説〟は、一九九一年に中央アジア各国が独立した時に再び思い起こされ、新しい独立国家の目標として日本を見習おうとする国も少なくなかった。

第二次大戦敗戦直後の一九四五年秋から約二年間にわたって、捕虜としてそのナボイ劇場の建設に携わったのは、永田《ながた》行夫《ゆきお》隊長以下四五七人の旧陸軍航空修理廠《しょう》の工兵たちが主だった。同じ満州からソ連軍に連行された沢山の日本人捕虜は、厳しい寒さのシベリアに抑留され、多くの人が亡くなった。だが、一方で同じ捕虜ながら満州から約四〇〇〇キロ離れた中央アジアの地まで連れてゆかれ、劇場建設に携わった部隊もあったのだ。

多くの日本人には、シベリア抑留の悲惨な話は知られていても、ウズベキスタンで世界でも一流の壮麗なオペラハウスが日本兵によって建設されていた事実は、ほとんど知られていない。

この実話は、シルクロードに伝わる日本人伝説である。

なお、登場人物の敬称は略させていただいた。また、読みやすさを考慮し、中央アジア各国の国名は、初出の他は基本的に現在の国名を使用したことをお断りしておく。

第一章　敗戦、そして捕虜

殺気だっていた敗戦直前の満州

「永田《ながた》大尉でしょうか」

後ろから自分の名を呼ぶ声に振り向くと、二等兵の襟章をつけた二十歳《はたち》前と見える気の弱そうな男が、背筋を伸ばし敬礼をして立っている。見た記憶のない顔である。

「永田だが、何か用事でも……」と、あれこれ記憶をたどりながら男の顔をじっと見つめたが、やはり思い出せない。

「じ、自分は、先日大尉に助けて頂いた者であります。お姿が永田大尉のようでしたので、ひと言お礼を申し上げたくて声をおかけいたしました。その節は本当にありがとうございました」

「うーん、何だったかな?」

「はい、自分が古参兵に殴られ、痛めつけられている時、たまたま通りかかった永田大尉がやめさせてくれたのです」

そういえば、先日もそんなことがあったな、と思い起こした。最近は戦況が悪化していることをみんな肌で感じているためか、どこの部隊もギスギスと殺気だつことが多くなっていた。そんなせいか、あちこちで古参兵や上官が本土から送られてきた新兵たちを理由もなく殴ったり、痛めつけている光景を時々見かけるのだ。

そんな場に出くわすと、永田はしばらく様子を見て意味のないいじめ、しごきだと直感したら、穏やかに声をかけて割って入ることが多かった。

「若い兵隊が何か大きな不始末を引き起こしたのかな。そうでなかったらそろそろ許してやったらどうか、気が済まないなら私を殴ってもいいぞ」と、背後からなだめるように言うのである。

すると、びっくりして振り返った古参兵は、永田の襟章を見て大尉だとわかると、途端に直立不動の姿勢となり「ハッ、いいえ、もうきちんと言い聞かせましたので宿舎に戻らせます」と敬礼しながら答えた。そして、若い兵隊に戻るよう左手で小さく合図し、「以後気を付けます」と言い、自分も戻ってよいか、と目で尋ねていたものだ。

そのような時、永田はいつも「よし」とうなずき、同時に胸の中で〝この戦争は、おそらく近いうちに敗《ま》けて終わるだろう。無茶をしないで体をいたわっていろよ〟とつぶやきながら、歩きだすのだった。永田は航空機を整備する三つの工兵部隊の責任者の一人だが、今や修理すべき航空機はないし、修理部品もほとんど底をついて残っていないことを知っていたからだ。

「そうか、元気で無事にいたか」と声をかけてきた二等兵に言った。

「はい……。ただ、今後自分たちはどうなるのか、と仲間はみんなひそひそと話し合って先のことを心配しています……。隊長、私たちは近いうちに日本に帰国できるのでしょうか」

「うーん、そう願いたいが、まだ詳しいことはわからない。だが必ず帰国する日は来る。だから仲間の連中にも、互いにつまらぬことで内輪もめをせず、健康に気をつけるよう言っておいて欲しい」

「はい、ありがとうございます」

二等兵の新兵は、直立して永田に敬礼すると足早に去って行った。永田は〝近いうちに戦争は敗けるな〟と本気で感じていた。以前は毎日のように戦闘機などが帰還し、修理に追われていた。しかし、最近は航空機が帰還せずどんどん減っていたし、部品も少なくなっていた。本土からの部品供給が途絶えたままだったからだ。むろん、永田の口から〝戦争は敗ける〟などとは、口が裂けても言えなかったが、兵隊たちも出入りがめっきり減った戦闘機の状況や底をついてきた部品の点数を見ていれば、戦況が悪化していることは察知しているに違いない。だから、自分たちに今後どんな行方が待ち受けているか、知りたがっているのだろう。

「戦争に敗けた現実」

永田が満州《まんしゅう》へ渡ってきたのは、昭和一七年（一九四二年）の春だった。陸軍の見習士官《みならい》として東京《とうきょう》・立川《たちかわ》で三ヵ月の軍事訓練を受けた後、第一〇野戦航空修理廠《しょう》に配属され、北満州の佳木斯《ジャムス》に赴任したのである。そこで二年ほど過ごし、昭和一九年（一九四四年）春に奉天《ほうてん》（今の瀋陽《しんよう》）に移動してきた。

永田たちの仕事は、航空機の修理、修繕だった。佳木斯にいた頃は、九七式重爆撃機や九七式軽爆撃機、一〇〇式司令部偵察機などが、ひっきりなしに飛び交い活況だった。

「あの頃は、一日五、六機、一ヵ月に一〇〇機は離着陸していたなあ」

と永田は振り返る。エンジンのオーバーホール、着陸時に折れた車輪の脚、曲がったプロペラなどを修理するのが永田たちの役割で、朝八時から夕方六時まで休みなく立ち働いた。何しろ、戦時中である。

「明日《あした》までに直せ、南方へ飛び立つ」

といった要請が毎日のようにきたものだ。その頃は、後方支援部隊に勤務していても、日本軍が活況を呈し、そこそこ戦っていることが実感できた。

しかし、昭和一九年春、奉天へ移動してきてみると、戦況の悪化はイヤでも肌で感じた。特に年が明け、昭和二〇年（一九四五年）に入ると、戦闘機などはほとんど南方に出払ったまま、帰還してこなかった。奉天の飛行場で目につく飛行機は、ほとんど練習機ばかりという有様だったのである。空中戦に出撃できる戦闘機は、全部あわせても二〇機に届かず、しかもその多くはエンジンの故障が目立ち、稼働率は極めて悪かった。そんな状況下で、一度だけ戦闘機が一万メートル近い上空のアメリカ機Ｂ29に体当たりし、撃墜に成功したことがあった。永田たちは、その撃墜したＢ29を見て、その大きさに仰天する。

「でっかいなあ」

「おい、この緩衝装置だけでも我々の飛行機の二、三倍はあるぜ」

彼我の差を目の当たりにするにつけ、修理兵たちは、誰いうともなく「この戦争は敗けだな」と直感した。夏が近づくと、ほとんど部品がなくなり、直すべき航空機もほとんどなくなった。そのうちに、食糧の配給も滞るようになり、生活は豚を飼うなど、現地で自給自足をせざるを得ないほど追い込まれ、窮迫してきた。

「沖縄《おきなわ》にもアメリカ軍が上陸しました」

「八月六日に広島《ひろしま》へこれまで見たこともない新型爆弾が落とされ、広島は壊滅したらしいですね」

兵隊たちの間では、暗い話ばかりが毎日続いていた。

八月九日になると、ついに日本と中立条約を結んでいたソ連《れん》が連合国軍側について参戦したとの報が伝わり、いよいよ敗戦気分が満州を覆った。そして、その約一週間後の八月十五日に天皇による敗戦の詔勅が下ったのである。永田も詔勅のラジオ放送を聞いたが、ほとんど聞き取れず、内容はわからなかった。ただ、「戦争に敗けた」ことだけは、はっきりと実感した。

第一〇野戦航空修理廠の部隊長、長岡素衛《ながおかもとえ》陸軍大佐が、まもなく全部隊に指示を出した。

「残念ながら、この戦争は敗北し、終了した。だが、諸君は軽挙妄動せず、上の指示があるまで待機せよ」

という短いものだった。

しかし、航空修理廠の部隊の兵士たちは、「戦争に敗けた現実」を知ったものの、これからどうしたらよいかは誰もわからなかった。

多くの兵は、飛行場を撤退し、近くの森に集結した。しかし、日を置かずしてソ連軍の航空機が次々と奉天に降り立ち、日本軍の武装解除を要求、日本兵たちはみんな小銃などを提出させられた。十九日は、日本兵にとって、最も長い日に感じられた。広い飛行場は降りてきたソ連軍の戦闘機、爆撃機、輸送機などでいっぱいになってしまった。

ソ連軍は飛行機だけでなく、地上軍がジープとともに兵を満載した一〇輪トラックで次々とやってきた。ソ連兵はマンドリンと呼ばれる短機関銃を全員が携行していた。永田たちが驚いたのは、車のほとんど全てがUSAのナンバー付きだったことだ。日本《にほん》と太平《たいへい》洋《よう》で戦っているのに、その上ソ連に大量の物資、兵器を送っているアメリカの工業力に改めて衝撃を感じた日本兵は多かった。

各部隊は、市内の鉄路《てつろ》学院に集められ、一〇〇〇人ずつの部隊に編成替えされることになる。永田は第二八大隊に組み入れられ、第一〇野戦航空修理廠の約二四〇人は、四個中隊のうちの第一中隊とされる。第一中隊には四人の佐官（少佐以上）クラスが在籍していたが、佐官以上はモスクワの収容所に送られることとなり、結局、大尉だった永田が第一中隊の責任者として部隊を任されることになった。永田はこの時二四歳。ここから、永田と第一〇野戦航空修理廠の隊員たちの数奇な抑留生活が始まるのである。

楽土をめざした満州国崩壊

満州国が今の中国《ちゅうごく》東北部に建国されたのは一九三二年三月一日である。ソ連、モンゴル、中華民国《ちゅうかみんこく》（当時）、日本統治下の朝鮮《ちょうせん》などと国境を接し、その国土面積は、現在の日本の約三倍にあたる広さだった。一説によると、人口は建国当時で約三三七〇万人、一九四〇年代には四四二四万人以上に達していた。うち日本人は約八二万人であった。

満州国建国以前は、女真《じょしん》族の王朝である金《きん》や後金《こうきん》（後の清《しん》朝）の支配地だったが一九一二年に清朝が滅亡すると、中華民国、ロシア、日本、中国の軍閥などが勢力争いを繰り返し、政情が安定することはなかった。そのような中、一九三一年の柳条湖《りゅうじょうこ》事件に端を発する満州事変が勃発《ぼっぱつ》し、その機に乗じて大日本帝国《だいにほんていこく》陸軍の関東《かんとう》軍が満州全土を占領したのである。今の遼寧《りょうねい》省瀋陽（満州の最大都市）近郊で起きた柳条湖事件は南満州鉄道《みなみまんしゅうてつどう》が爆破された事件で、関東軍の特務機関が仕掛けたものだったが、当時は中国側の犯行とされた。南満州鉄道は日本が所有する鉄道だった。満州事変は満州国建設の発端となったのだ。

関東軍は満州を占領すると、直ちに満州国の建国を宣言、元首に清朝最後の皇帝・愛新《あいしん》覚羅溥儀《かくらふぎ》を擁立した。満州国建国にあたって陸軍（関東軍）は〝満州は日本の生命線〟であるとし、建国は満州人の民族自決の国民国家であるが、その国家理念は、漢人、日本人、朝鮮人、満州人、蒙古《もうこ》人の五族による〝五族協和と王道楽土〟であると宣言した。しかし、事実上は日本の傀儡《かいらい》国家といえた。日本は国民に対し満州への移民を宣伝し、国営企業や新たなチャンスとみた民間企業も続々と満州へ渡った。

当時は一九二九年にウォール街の株式大暴落から始まるアメリカ大恐慌が起こり、世界的な規模で不況が広がっており、世の中は暗いムードに包まれていた。それだけに新天地・満州への夢は日本人を大いに刺激したといえる。アメリカの新大統領となっていたF・ルーズベルトは、ダムや鉄道、道路などの公共事業を大盤振る舞いする内需拡大のニューディール政策を打ち出した。しかし、アメリカの不況はなかなか克服されず、一九三〇年代はその不況の波が世界中に広がってゆくのである。

満州国建国は資源を持たず、国土も狭い日本が海外に活路を求めようとした軍事、経済戦略であり、一九四〇年に「大東亜共栄圏」構想を発表した。その後も東南《とうなん》アジアなどへ侵攻し、さらに日本はハワイの真珠湾《しんじゅわん》を攻撃して遂《つい》にアメリカとの太平洋戦争に突入（一九四一年）してゆくことになるのである。

この世界恐慌・不況にもがいていたのはヨーロッパも同様だった。とりわけドイツ軍は軍事力に物を言わせて東《ひがし》ヨーロッパからフランスへと戦争を仕掛け、領土拡大を目論《もくろ》む。後《のち》には北方の大国・ソ連とも死力を尽くした戦争へと突入してゆくのだ。このことはソ連からすると、西のヨーロッパではドイツが領土を、東では日本が満州・中国、シベリアを狙っているという構図に見える。このためソ連はドイツ、日本の両方面と戦争状態に入ることは難しいと見て、一九三九年に独ソ不可侵条約、四一年に日ソ中立条約を結ぶわけだ。アメリカとの関係が悪化しつつあり、満州国の統治に手一杯であったため、ソ連と戦争する余裕はなかった日本にとっても、一時的中立協定は望むところだった。

しかし、日本の満州国建設は欧米《おうべい》の自由主義国には大きな衝撃だった。新興国・日本が着々とアジアに地歩を固め、国際的な暗黙の慣行や取り決めを無視して武力で侵略を続けることは、大きな脅威だったからだ。ましてや同じ全体主義的な国家建設を進めるドイツと日本、さらにはイタリアまでがエチオピアを侵略し、三国が軍事同盟で接近することは、英《えい》米仏《ふつ》など連合国軍と日独《どく》伊《い》などの枢軸国軍に分かれ、世界を二分していずれ世界戦争に向かうことを予感させた。

世界恐慌後の国際社会は、軒並み各国の工業生産力が低落し、失業率が増大した。ドイツの失業率は三〇年代に入ると三〇％に達する勢いを示した。世界一の繁栄と生活水準を誇っていたアメリカでさえ、恐慌後の数年間は二〇％台の失業率が続き、パンの配給を待つ行列までできた。大英帝国《だいえいていこく》のイギリスも一〇％台から二〇％台の失業率が続いて、結局、各国は高い輸入関税をかける保護貿易主義に走った。

こうして比較的余裕のあったアメリカ、イギリス、フランスなどの〝持てる国〟であった自由主義諸国は反ファシズム連合を組み、ドイツなどに対し排他的なブロック経済体制を作り始めた。一方、〝持たざる国〟だった日本、ドイツ、イタリアは軍事力で近隣諸国に進出し、ファシズム体制へと進むのである。

日本は三二年に満州国を建国すると、翌年国際連盟を脱退、三七年に盧溝橋《ろこうきょう》事件をきっかけに日中戦争、四一年からアメリカを敵にまわす太平洋戦争へ突入することになる。ドイツは三三年にヒトラー内閣が成立、やはり国際連盟を脱退するとともに、第一次大戦の敗北によって結ばされた苛酷《かこく》なヴェルサイユ条約（一九一九年）を破棄（三五年）。近隣諸国へ軍隊を進め、オーストリアを併合した後、独ソ不可侵条約を結んでからポーランドに侵攻し、第二次世界大戦へとのめり込んでゆく。他方でイタリアもドイツと防共協定を結び（三七年）、国際連盟を脱退してアルバニアを併合するのだ。

こうして世界は、英米仏などの連合国軍側と日独伊の枢軸国軍側が、ヨーロッパ戦線とアジア戦線で対峙《たいじ》する構図となるのである。この間に、当初は中立的な立場にいたソ連は方針を変更し、イギリスと共同行動協定、フランスと相互援助条約を結んでドイツを牽制《けんせい》する一方で、東の日本とともとりあえず中立条約を結んでドイツとの戦いに備えた。

世界大戦の当初の戦況は枢軸国側が優勢であった。ヨーロッパでは、ドイツが一九四一年までにソ連の一部、フランスの約半分、ノルウェー、バルト三国、ポーランド、ギリシャ、ユーゴスラビア、チェコなどを占領（ハンガリー、ルーマニア、ブルガリアなどは途中まで枢軸国側に参加、スウェーデン、スイスなどは中立）、イタリアはアルバニアなどを占領していた。

他方、アジアでは日本が満州国を建国し、中国の北京《ペキン》、南京《ナンキン》、上海《シャンハイ》などを勢力範囲としただけでなく、南方のベトナム、タイなどのインドシナ半島やフィリピン、ビルマ（今のミャンマー）、シンガポール、インドネシアなどにも進駐し、当時駐留していたイギリス、オーストラリア、アメリカ、そして、オランダ領東インド軍による連合軍なども撃破していた。日本軍は一九四二年前半までは北はアッツ島、東はミッドウェー諸島近辺、南はグアム、ウェーク、ソロモン諸島、ニューギニア、バタヴィア（当時。現ジャカルタ）方面まで勢力範囲を広げていたのである。

しかし、一九四二年六月に太平洋のど真ん中、ミッドウェー諸島の海戦でアメリカ軍に大敗してから日本は敗け戦に入る。八月にアメリカ軍はガダルカナルに上陸。四三年には日本のアッツ島守備隊が全滅した。十二月に学生まで戦争に駆り出す学徒出陣が始まり、四四年になるとサイパン、レイテ島を落とされ、四五年三月に硫黄島《いおうとう》の日本軍が全滅する。神風特攻隊が初出撃したのは四四年の十月である。遂に四五年四月には連合国軍が沖縄本島に上陸し、八月に広島、長崎へ原爆を投下されてしまう。

戦後になってわかったことだが、第二次大戦の死傷者数は大きな推計のものでドイツ約九五〇〇万人、ソ連約二〇六〇万人、中国約二一〇〇万～二三〇〇万人、日本約六四六万人、朝鮮半島約二〇〇万人、イギリス約九八万人、アメリカ約一一三万人、フランス約七五万人、インドネシア、ベトナムそれぞれ約二〇〇万人——などと推定されている。特にソ連の犠牲者は多く、第二次大戦後に男の労働力が不足し、日本をはじめドイツ、東欧などの捕虜を労働に活用する方針が、ソ連の指導者スターリン書記長によって打ち出されるのである。日本兵捕虜のシベリア抑留などの背景にも、ソ連の労働力事情が大きかった。

日本の敗色が濃くなってきたことを知っていたのは、東京にいる軍の上層部と関東軍の指導者たちぐらいだった。現場を見て「この戦争は勝てない」と悟った記者もいたが、軍の検閲があり、新聞に真実を掲載することはおろか、そんな原稿を送ることさえできなかった。

満州で徴兵された民間人が見た赤紙

当時、満州にいた普通の兵隊たちは、誰も本当の戦況を知らなかった。後にタシケントへ行くことになる松永昌一《まつながしょういち》もその一人だった。ただ、一九四四年に入ると学徒出陣の報道や〝〇〇部隊転進〟〝アッツ島守備隊玉砕〟などの報道が出るようになって、戦況が悪くなっていることは肌で感じていた。転進とは敗北して部隊を移すことだ、ということは国民も次第にわかってきた。小正月（二月）があけてしばらくすると、松永は勤務先の大連《だいれん》の寮の玄関で、待ち受けていた大連警察署兵事課の係員から本人確認をされたうえで、遂に召集令状を手渡された。叔父《おじ》がシベリア出兵の時に手渡された赤紙（召集令状）は深紅で重々しく風格があったという覚えがあった。しかし、今、自分の持つ赤紙はあの時の印象に比べると〝何と軽々しくペラペラした粗末な紙〟だろうと思えた。

松永の配属先は東満地区の綏西《すいせい》にある満州二七三部隊だった。日本で赤紙をもらうと何日か休みをもらえて家族と水盃《みずさかずき》を交わす時間もあると聞いていたが、戦況がひっ迫しているせいか、休暇はなく「三月四日午後一時・大連駅に集合。見送り人の随行は禁ずる。行先は二七三部隊である」と告げられた。夜になって綏西の小さな駅舎に着き、下士官に連れられて数棟ある兵舎の一つに入れられた。応召兵は四〇〇〜五〇〇人はいた。驚いたことに三〇歳代の者が多く、二五歳の松永は若い部類に入っていた。

六月までの初年兵訓練と身体検査が終わると、突如部隊への動員令が下りてきた。松永は胃腸病などで虚弱兵と分類されていたため、部隊の戦時編成から除外され、残留部隊となった。しかしその後、残留部隊も編成替えされ、松永は満州東部の対ソ国境部隊へ配属される。日本はソ連と中立条約を結んでいるものの、前線にいると、いつソ連兵が国境を越えてきてもおかしくないという緊張感が漂っていた。実際、八月九日になるとソ連は中立条約を破棄して侵入してくることになるのだ。松永は残留部隊員となったが、南方へ向かったとされる原隊は沖縄へ向かう途中の東《ひがし》シナ海で、乗っていた輸送船が魚雷によって撃沈されたという話が伝わってきた。

松永のいた部隊だけでなく、一九四四年に入って以降の満州にいる部隊は、どこも慌ただしかった。正確な情報ではないものの、勝ち戦の知らせはほとんどなく、武器や食糧も減り、部隊の移動、編成替えも頻繁に行われているようで、兵隊たちの顔にも疲れや暗さが目立ち始めてきた。松永はその後捕虜となり、ウズベキスタンの収容所へ送られることとなる。

新兵、大塚武の敗戦

大塚武《おおつかたけし》二等兵が、新兵に応募したのは、昭和一九年（一九四四年）四月、一八歳の時だった。四四年といえば終戦の一年前で、軍の上層部は敗色が濃厚になってきたことを肌で感じ始めた時期だ。しかし、戦争の実情も知らず、一般の軍国少年と変わらないまま、大塚も「お国に尽くしたい」と入隊に応募した。入隊の時は、当時の兵隊みんなが送り出された時と同じように、街の婦人たちから千人針で作られた衣類やお守り袋を手渡された。それらを手にして大塚は「ああ、遂に自分も戦地に行くんだ。お国のために役立つんだ」と武者ぶるいが止まらなかった。

三ヵ月ほど基礎訓練などを受けた後、いよいよ朝鮮半島に渡ることが決まった。さらにその後、大塚は昭和二〇年（一九四五年）七月、朝鮮から満州の昭和製鋼所《しょうわせいこうしょ》の近くへ移送され、派遣通信員として働くことになった。

だが、一ヵ月もしないうちに「全員集合」の命令が下り、正午に広場へ集められた。集まってきた兵隊たちは、みんな口々に何があるのか、と問いながら不安気な顔をしていた。「戦争に敗けたんじゃないか」と小声でつぶやく者もいた。師団長が「これから天皇陛下の玉音放送があるのでよく聞いて欲しい」と言ったため、広場はシーンとなって誰も咳《せき》ひとつしなかった。師団長も放送内容を知らないようだった。

「忍び難きを忍び……」というひと言は聞こえたが、あとは雑音まじりで聞きわけることができず、数分もしないうちに終わった。一体何の放送、指示だったのだろうか、と隣や周囲の人に確かめる声がさざ波のように広がった。

「天皇陛下は、今は苦しい時だが、各部隊で頑張って欲しい、と仰せになっている。各員は部隊に戻って、次の指示があるまで仕事に励んで欲しい」

師団長が天皇の玉音放送を要約して告げると解散となった。実は、師団長も玉音放送の内容をよく理解していなかったのである。

「日本が戦争に敗けたなんてことを天皇陛下自らの口から言うことはないだろう」と言う

者がいたり、「いや、最近は修理する飛行機もほとんどない状態だ。つい先日、ソ連も連合国軍側について参戦したという話もあるし、どうもこの戦争は敗けたんじゃないか」といったひそひそ話があちこちで広がっていた。

夕方になると再び招集がかかり、兵隊たちは広場に集まった。師団長が今度は沈痛な表情で告げた。

「先ほどの玉音放送は、日本が戦争に敗けて降伏したという内容であることがわかった。我々の部隊の取り扱いが今後どうなるかは、敵である連合国軍の指示を待たないとわからない。

武装解除を命じられ、その後帰国を許されるのか、捕虜となるか、などについては今のところ情報はない。逐次、今後の部隊や各自の身のふり方は指示、命令があると思うのでしばらく各部隊で待機して欲しい」

師団長はさっと壇上から下りて、消えてしまった。

「戦争はやっぱり敗けたんだ」「我々はこれからどうなるんだろう。捕虜なのか」といった声があちこちからあがった。と同時に、膝《ひざ》から崩れ落ちて泣き出す者も少なくなかった。突然の敗北の知らせにみんな茫然《ぼうぜん》自失の体で、どう対応してよいかわからない様子だった。

大塚は、近くの年輩の将校らしき人物に聞いてみた。

「私たち兵隊も捕虜となるんでしょうか。それとも日本へ送還されるんですか」

「まだ何もわからん。ソ連が我々の身柄の取り扱いを決めるのか、アメリカなどが入って相談するのか、これからだろう。お前らはとにかく部隊に戻って指示を待て」

明らかに将校たちも事態の急変に慌てており、自分たちの身の動向についても心配している様子だった。

大塚は「こりゃ上も何もわかっていないようだな。とにかく我々は満州に来たばかりだし、戦争もやってないんだから、そんなにひどい目にあうことはないだろう」と肚《はら》をくくった。

牡丹江の悲劇

満州にいた日本軍がソ連との戦いで敗北に追い込まれたのは、日本と中立条約を結んでいたソ連が条約を突如破棄し、日本軍に襲いかかってきたからだった。

ソ連が一九四一年春に結んだ日本との中立条約を破棄し、日本に「戦争状態に入る」と通告したのは、一九四五年八月八日だった。ソ連の外務人民委員（外務大臣）V・モロトフが日本大使の佐藤尚武《さとうなおたけ》と八日に会談し、その会談の終わりに「九日から戦争状態に入る」と宣言したのである。だが、モロトフが宣言した八日の夜間からソビエト軍は満州の四方面で攻撃を始めていたという説もある。ソビエト軍は宣戦布告の前に進撃行動を開始していたといえる。日本のアメリカ・ハワイ真珠湾攻撃が、宣戦布告前だったことと似ている。

しかし、ソ連の指導者スターリンは、実は一年前の一九四四年秋から対日戦争の準備をしていた。四四年十月には日本との戦争開始の意志を固めており、連合国軍首脳のヤルタ会談（四五年二月）の前に、そのことをアメリカのハル国務長官に語っていた。

ハルの回想によれば、「彼（スターリン）は非常に重要なことを語ってくれた。ドイツを撃破することができたら、すぐにソ連は日本への攻撃に加わる、と明白に、きっぱりと語って私を驚かせ、そして喜ばせてくれた」「スターリン元帥の発言は直接的であり、決然と、まったく自発的に語ったものであり、そして彼は見返りは何も求めなかった」（セルゲイ・I・クズネツォフ著『シベリアの日本人捕虜たち――ロシア側から見た「ラーゲリ」の虚と実』集英社）とし、この約束を四五年二月のヤルタ会談でルーズベルト・アメリカ大統領に書簡として渡したという。

またソ連側の調査では、第二次世界大戦中に日本の航空機は約四四〇回の領空侵入を行い、四二～四三年の期間にソ連の国境警備隊、船舶、特定の市民に対し五〇回近く射撃を行ったと指摘。この間に、ソ連は約三六〇人の日本のスパイを拘束したという。

八月八～九日から始まった日本とソ連との戦争は、事実上三、四日で終わったとみなされている。本格的な戦闘は牡丹江《ぼたんこう》の攻防ぐらいだった。牡丹江の戦いでは日本軍がソ連の赤軍の進攻を阻止し、いくつかの部隊を後退させた。しかし、ソ連の応援部隊が到着すると、日本軍は防戦できず、結局三日間で牡丹江は陥落した。

ソ連の将校は、この時の戦いについて報告書で次のように記している。

〈「日本軍は飛行機や戦車や大量の大砲を利用できなかったので、彼らの戦術について語ることはできない。しかし、注目すべきは日本兵の優れた個人的修練である。日本兵は戦闘で恐れを知らず、子供のころから植えつけられた高い不屈の精神をもっている」〉

（ヴィクトル・カルポフ著『［シベリア抑留］スターリンの捕虜たち――ソ連機密資料が語る全容』北海道新聞社）

次のようにソ連第五軍将校が実例をあげている。

〈名の知れない高地で監視所からくまなく監視した際、分隊と重機関銃を発見したが、それはソ連兵が近づくと火を噴いた。「わが軍の兵がこの分隊を砲火で殲滅《せんめつ》した。しかし、一人の日本兵が生き残って射撃を続けた。彼は機関銃の弾丸が尽きると小銃で防戦した。銃弾が完全に尽きると彼は手榴弾《しゅりゅうだん》で自殺した」〉

（前掲書）

こうした日本兵の戦闘ぶりと考え方はソ連兵だけではなく、アメリカや他の連合国軍にとっても驚きであり、異質に思えたようだ。日本の戦陣訓では「生きて虜囚の辱《はずかし》めを受けず、死して罪禍の汚名を残すこと勿《なか》れ」と教えられ、多くの兵はその考えを信条としていた。欧米では捕虜になることは必ずしも恥ずかしいことではなく、やむなく捕虜となった場合は、捕虜としてできる範囲内で抵抗したり、強制労働などをサボタージュして敵地内で敵軍を攪乱《かくらん》することが役割とされた。

そうした捕虜の行動を無闇に罰したり、虐待することは国際条約で禁じられていた。また、捕虜の中にあっても将校の扱いは兵卒とは違ったし、捕虜生活のうえでは健康維持に必要な食事の供給、病人の扱いなども決められているのである。兵隊を罰するには、法廷で戦争犯罪を証明し、裁判で決めなければならないというのが建て前だった。

満州の日本人は放置された

日本が八月十五日に無条件降伏した時、中国や満州、朝鮮半島などには多くの日本の民間人が生活していた。しかも、日本の大本営（軍）発表は、「勝利している」というものがほとんどだったから、真実の戦況、日本全体の戦争実態を知っているのは、ほんのひと握りの軍の上層部だけだった。国民のほとんどは、天皇の玉音放送があるまで、〝無条件降伏〟するような事態に日本全体が追い込まれていることは夢想だにしていなかったのである。いや、むしろ玉音放送があった後も、外地で日本の敗戦を理解できる国民は少なく、軍部の発表が新聞やラジオで報道されて初めて知った、というのが実情だった。

特に海外で従軍したり、暮らしていた一般人には寝耳に水の話だった。なかでも満州や朝鮮半島で生活していた一般人は、敗戦を知って、ほとんどの人々が着のみ着のままで日本本国へ引き返そうと南下を試み、帰国の船を探し、乗せてもらうことに必死となった。その引き揚げの状況は悲惨そのものだった。軍部、特に関東軍は満州に王道楽土を建設するとして、中国領土の東北・満州の地に満州国を建設し、移民を奨励していたため、家族で引き揚げる民間人も多かった。

当時の民間人の引き揚げ状況を見聞きした様子を、ソ連側も記している。特に関東軍は一般市民を守らず、置き去りにしたケースが多いため、あちこちでソ連側に惨状が目撃されていた。

〈日本軍が退却の際、大量に日本人婦女子を射殺した例をいくつも赤軍司令部はあげている。鶏寧《けいねい》—林口《りんこう》への道で、銃で撃たれ刀で斬られた日本人婦女子の集団がいくつか発見された。その最初の集団はオクシ市の南一〇キロの鉄道用地で発見され、自動車の中に二五〇人いた。彼らは自動火器で射殺されていたが、一部の者は刀で腹を斬られていた。日本人に銃刀で殺された一五〇人からなる第二の集団が適道《てきどう》駅付近で発見された。このようにして殺された日本人婦女子はすべて顔に白い布がかけられ、頭を東に向けられていた。

こうした出来事については日本人自身も語っている。〈中略〉戦争がはじまると主に婦女子からなる日本人住民は自分の家をあとにして軍隊といっしょに逃げた。「多くの女は途中で子供を絞め殺して死体を川に投げ入れました。私は一歳と五歳のふたりの子供を連れて日本人男女の集団と歩きました。私も子供を殺すように言われましたが断りました」。

〈中略〉避難する日本人住民は関東軍の退却路で停滞した。関東軍は避難民を保護することも、円丘《ソープカ》へ連れて行くこともできなかった。捕虜が言うには、婦女子の射殺は本人の同意の下に行われていた。ともかく日本人にとって、それが誰であれ、捕虜になることは恥なのだ。

軍人や住民を虜囚の辱めから免れさせることができるのは、天皇による軍事行動停止・武器引き渡し命令だけであった。それ以外は、兵士も住民も戦場で力の限り戦って、勝利かそれとも死か、だった。一九四五年八月の満州の戦場における戦況では、この天皇の命令が是非とも必要であった――それが犠牲者のさらなる増加を未然に防いだのである。〉

（前掲書）

ソ連が日ソ中立条約を破棄し、対日攻撃に参加して三日経った八月十一日になると、〝日本軍は降伏するらしい〟というウワサは広まり始めていた。満州各地で日本軍が次々に敗北しているという情報が入っていたからだ。それでなくとも飛行機や武器、それらの部品は底をつきはじめ、食糧の分配も減り始めていたから、各部隊全体に絶望感のようなものが漂っていた。

そして遂に〝その日〟がやってきた。八月十五日、日本の歴史上初めて天皇が自らの肉声で「戦争終結の詔勅」を朗読したのだ。大塚ら兵卒は、天皇の言葉の難しさとラジオの雑音で内容はよくわからなかったが、天皇が肉声で全国民に詔勅を下した重さを考えると、〝多分戦争に敗けたんだな。これから自分たちはどうなるのだろう〟と想像し、これからに対する不安が頭をよぎった。将校たちに聞いても要領を得ないので、肚をくくって今後の命令を待つしかなかった。

武装解除を命令した関東軍

しかし、関東軍総司令部からは、八月十七日早朝に各部隊に総司令官・山田《やまだ》乙三《おとぞう》大将の停戦命令がすでに到達していた。満州に駐留していた将校、兵士らのその後の運命を左右するその指令書、八月十六日付関東軍命令第一〇六号には、事細かな命令が書かれていたのである。

「総司令官は天皇陛下の思召《おぼしめ》しに従い、万策を尽くして停戦を期する。各軍司令官（部隊長）は下記に従って停戦すること。（この命令は本官の指揮下にある満州国軍にも適用される）」とあり、事細かく停戦後の軍隊行動のあり方を記している。

それによると「速やかに軍事行動を停止し、現地付近に軍隊を集結。大都市にあってはソ連軍の進駐以前に部隊を郊外の適地に移動すること」「ソ連軍の進駐に際しては、軍使の要求があれば陣地、武器などを引き渡すこと。引き渡しのため武器を集積すること」「武器や軍需物資に損害を与えないこと」「満州国軍引き渡しに際して、混乱がないように注意すること」「糧秣をそれぞれの場所に速やかに集積すること」「満州在住居留民の生命を保護すること」「各軍司令官（部隊長）が部隊の完全な秩序を保ち、陛下の思召《おぼしめ》しに従って、すべての軍事行動を停止することを願う。本命令を実働部隊に伝え、実行することと」などとある。

興味深いのは、日本軍は天皇の詔勅後に敵軍に捕まった者は捕虜とはみなさない、という指令を出していることだ。日本軍はソ連の指令によって武装解除、降伏したのではなく、あくまでも天皇の命令にしたがって戦闘を停止したのだと理解させようとしたのである。

実際、ソ連側が日本の将兵を尋問すると、多くは「自分たちは捕虜ではなく、天皇の命令によって降伏し、武装解除したのだ」と主張したという。天皇を頂点とする日本人の精神体系、命令、実働などは、敗戦・降伏後も変わらずにあり、大きな乱れは生じていなかったようだ。ただ、一部の関東軍では敗戦後も抵抗し続けた部隊があった。奉天、張家口《ちょうかこう》などでは一〇〇〇人単位で抵抗し、最後は自爆する者も多かったという。

だが、一般の居留住民を保護すべし、という指令は守られないことが多く、居留民には軍に捨てられたという思いをもつ人々が多かった。撤退、逃避にあたっても軍を優先した行動は、日本のために祖国を捨て満州国建設にあたってきた一般日本人、居留民の多くに、〝裏切られた〟という思いを残したのである。

ソ連の日本人捕虜六〇万人利用計画

ソ連側は、降伏した日本軍とその兵士たちを当然ながら捕虜として扱った。ソ連側の資料によると、第二次世界大戦中に欧州でソ連の捕虜となったのは、総数約四一二万七〇〇〇人。主要な対象国はドイツが約二三九万人と圧倒的に多く、次いでハンガリー人が約五一万四〇〇〇人、ルーマニア人約一八万七〇〇〇人、チェコスロバキア人約七万人、ポーランド人約六万人、イタリア人約四万九〇〇〇人――などとなっている。

一方、日本軍との戦いは八月九日から始まり、一部では日本降伏後の九月二日まで戦闘が行われている。ソ連側資料では、この間に八万四〇〇〇人の日本人が戦死、六七万七〇〇〇人の兵士、将校が負傷したり、捕虜となった。

ソ連の第二次世界大戦史によれば、捕虜となったのは約五九万六〇〇〇人。そのうち極東の国境地域では二二七九人、ザバイカル方面軍で二二万一三五人、第一極東方面軍は一〇万七八九一人、第二極東方面軍は二六万五九六四人の兵士と将校を捕虜にしたとある。この中には関東軍司令官や中将らの司令官も含まれており、将官は一四八人とされている。

日本の調査ではいまだに正確な数字が判明していないが、国や研究機関の調べでは約六〇万人というのが定説になっているようだ。

また、生きていた捕虜とは別に捕虜の死亡者数もソ連側資料に記されている。それによると、ソ連領内や本国送還収容所など、ソ連領内の合計が一九五五年までに六万六七〇人。

ソ連支配地域（北朝鮮など）の合計が三万一三八三人で合計九万二〇五三人となっている。戦争終了後にも、実に九万人余の兵隊が死亡していたのだ。

ソ連は、この日本軍捕虜の当面の短期的扱いを大戦終結の翌日、八月十六日に決めている。極東方面軍の長官A・ワシレフスキー元帥にあてたL・ベリヤ、N・ブルガーニン、A・I・アントーノフの命令書である。

〈日本、満州軍の軍事捕虜はソ連領に送ることはしない。（中略）できるだけ日本軍を武装解除した現地に軍事捕虜のラーゲリ（収容所）をつくるべきである。軍事捕虜の食事はその場所の資源を使用し、在満日本軍で用いていた標準量で実施すること。ソ連内務人民委員部のラーゲリで軍事捕虜を扶養することに関して（中略）将校グループが派遣される〉

（セルゲイ・I・クズネツォフ著『シベリアの日本人捕虜たち――ロシア側から見た「ラーゲリ」の虚と実』集英社）

さらに八月二十三日になると、日本軍の軍事捕虜の受け渡し、配置、労働の遂行などについては、詳細な命令書が送られてくる。防衛国家委員会の決定として、日本の軍事捕虜約五〇万人を受け入れ、軍事捕虜用ラーゲリに送ることとされている。こうして、日を置かずして日本人捕虜の取り扱いが党中央で決定され、日本人捕虜はその決定に翻弄《ほんろう》されてゆくのだ。

この五〇万人捕虜の取り扱いについては、その後も頻繁に党中央と捕虜を預《あず》かっている極東軍、さらにはアメリカ大統領トルーマンとの間でも書簡のやりとりが行われていた。大勢の日本人捕虜の扱いは、労働力利用や健康維持、人道的扱いなどにおいて大きな国際問題でもあったのだ。

ソ連の党中央では、まず極東とシベリアの寒冷地の条件下で作業するにあたり、肉体的に適応できる日本人約五〇万人を選別することを命令している。それらの捕虜をシベリア、極東に送る前に下級将校、下士官、なかでも工兵部隊出身の兵を大隊長、中隊長の下に約一万人ずつの建設大隊として編成し、その大隊には軍事捕虜の中から医務員二人、自動車と荷馬車輸送に必要な人員を確保するよう要求している。

さらに、また確保した戦利品の中から冬、夏用の衣類、寝具、下着を確保し、大型天幕三〇〇〇、防寒外套《がいとう》、フェルト製冬季用長靴、冬季用衣服一万五〇〇〇組、戦利品の馬四〇〇〇頭、ラーゲリの囲い用有刺鉄線八〇〇トンを渡すこと、五〇万人の捕虜は小部隊の編成にして鉄道や水路を利用して輸送すること――なども事細かく指示しており、この決定の観察監督は同志ベリヤが負うと、スターリンが命令している。

日本を五つの占領区に分割する案があった

トルーマン大統領とスターリンの書簡のやりとりの中身は、主として戦争終結後の日本領土、統治をめぐる諸問題だった。ドイツは大戦後に東西ドイツに分割され、東ドイツは旧ソ連、西ドイツは米・欧州へと分割された。首都ベルリンも東西に分かれ、コンクリートのベルリンの壁が築かれ、東西の交流禁止は一九八九年十一月の壁の崩壊まで続いた。

アメリカは八月十五日、ソ連に対し「満州、北緯三八度線以北の朝鮮駐屯中の日本陸軍、海軍、航空軍、補助勢力は全て極東のソ連軍最高司令官に投降しなければならない」とする総命令を提示した。

しかしスターリンはこれに対し、「日本が降伏する地区には全クリル諸島（千島《ちしま》列島）、北海道《ほっかいどう》の北半分を含むべきだ」と訂正を申し入れたのである。実は、アメリカの国防総省の中には、戦勝連合国軍の同盟国が日本を五つの占領区に分割する案があった。そこではソ連が北海道と本州の東北地区、アメリカが関東信越地区と東海北陸地区、イギリスが中国地区と九州地区、中国が四国地区、近畿地区はアメリカと中国の分割統治。そして東京はアメリカ、ソ連、中国、イギリスの四ヵ国で分割統治する、となっていた。いわばドイツ、ベルリンの分割方式を取り入れたものだった。しかし戦後の最高司令官となったマッカーサー元帥はこの案を拒否、トルーマン大統領もドイツ方式をとらず、日本全体を連合国軍としてアメリカが統治、管理（一九五一年のサンフランシスコ講和条約調印まで）する方針を譲らなかった。

満州で敗戦を迎えた永田隊長や大塚二等兵は、むろん現地にいて連合国やソ連の思惑などを知る由もなかった。玉音放送を聞いた八月十五日の段階ですら、自分たちの運命や将来について皆目見当がつかなかったのだ。しかし、ソ連やアメリカなど連合国軍側は終戦前から大方針を決め、妥協点を探りあっていた。そして、終戦の翌日には具体的な方向を決定していたのである。

ソ連は第二次大戦で約二〇〇〇万人を失い、経済と国土は疲弊しきっていた。そこへ約六〇万人にのぼる日本兵が満州に残り、捕虜とすることができた。ソ連がこの日本人の労働力、あるいは頭脳を使わない手はないと考えるのは不思議ではなかった。多くはシベリアや極東地区の労働力として活用し、ソ連のインフラ整備に充てる腹づもりだった。シベリア抑留者が鉄道や道路、港湾、木材伐採、橋や建物の建設労働に充てられたのである。

大塚がわずかの期間だけ、通信員として働いた昭和製鋼所（旧鞍山《あんざん》製鉄所）は、満州の遼寧省鞍山に南満州鉄道の出資で設立され、一九一九年から操業されていた（一九三三年昭和製鋼所に変更）。一種の国策会社だった。用地面積約二七〇万坪、従業員・職員約三九〇〇人、その他の労働者は約一万七〇〇〇人を超える大工場であった。当時は日本国内の八幡製鉄所《やはたせいてつじょ》にほぼ匹敵する大製鉄所で、大戦末期には何度も空襲を受けている。

敗戦が決まり、この昭和製鋼所の処分が連合国側で問題になった。結局、ソ連側が引き取ることとなり、ソ連は昭和製鋼所の解体を決め、その解体資材をソ連に持ち帰ることにしたのである。

大塚ら、鞍山周辺にいた兵隊や昭和製鋼所で働いていた従業員ら数千人が、その解体作業を命じられた。当時のソ連にとって、解体して得られる鉄鋼資材などは貴重な資源だったのだ。

捕虜は労働使役に利用された

実は、捕虜をソ連領内の収容所で労働使役に利用するという方針は、すでに一九四一年から決められていた。ソ連は四五年の終戦までの間、ドイツ、ハンガリー、ルーマニアなど二三ヵ国三五〇万人以上を捕虜にし、収容所で働かせていたのだ。日本人捕虜約五〇万人は、これに加わったという形をとっていた。

先に述べたように、ベリヤなどスターリンの参謀たちは、極東方面軍のA・ワシレフスキー元帥に電報で日本人捕虜の取り扱いについて指令を発していた。

約五〇万人に上る捕虜の任務と行き先についても早々と決められ、九月に入ると移送が始まった。日本軍将兵の地域別配置はソ連側資料によると次のようなものだった。

バイカル・アムール鉄道の建設現場の各地域に一五万人。沿海《えんかい》地方の石炭採掘、沿海鉄道現場、港湾建設、兵舎建設などに七万五〇〇〇人。ハバロフスクの炭鉱と錫《すず》採掘、サハリンの石油の採掘と精製、木材調達、アムール鉄道、潜水艦建造などに六万五〇〇〇人。チタ州の炭鉱と金属採掘などに四万人。イルクーツク州の炭鉱、木材調達、シベリア鉄道建設などに五万人。ブリヤート・モンゴル自治ソビエト社会主義共和国には木材調達、コンビナート、機関車修理工場などに一万六〇〇〇人。同じ目的でクラスノヤルスクに二万人。アルタイ地方に一万四〇〇〇人。カザフスタンには金属・機械工場、コンビナート建設、石炭公団などに五万人が移送され、ウズベキスタンにはコーカンド市、ベゴヴァト市の金属工場、タシケント市の企業建設、アングレン炭鉱、カリーニン油田などに二万人となっている。

捕虜の扱いは人民委員部の各部門（輸送、石炭、林業など一五委員部）に役割分担させられた。各人民委員部は捕虜受け入れ施設を二期で準備することを命じられ、第一期は九月十五日までに五〇％、第二期は残りの五〇％を十月一日までとされ、暖房と電灯つきとしていた。また、党中央は警護兵三万五〇〇〇人（それとは別に将校四五〇〇人、医療員一〇〇〇人なども）を準備した。これは日本人捕虜一〇人当たりにつき、軍人付き添いほぼ一人の割合となっていた。

使役の内訳をみると、石炭や木材、鉱石採掘など原料採取に多くの人が割かれたが、もう一つ重要な役割とされたのが鉄道建設だった。バイカル・アムール鉄道は太平洋岸からバイカル湖北側まで約三一〇〇キロ。その一部を日本人捕虜とソ連の囚人が建設し、多くの犠牲者を出したのである。

捕虜の移送先は、いずれもソ連にとっては国防と経済の戦略的地域だった。結局、ウズベキスタンには約二万人の日本人が連行された。

第二章　抑留、劇場建設へ

永田隊は帰国の望みを断たれた

「おい、朝から太陽はずっと列車の左側にしか見えないぞ。この貨車は、もしかしたら東ではなく、西に向かって走っているんじゃないか」

スシ詰め状態の貨車の中から、不安の叫び声が聞こえた。奉天《ほうてん》を出る時は「帰国（ダモイ）」と聞かされていたが、今や、みんな半信半疑になっていた。

「早く逃げておけばよかったかなあ」

「いや、歩いて帰るには遠すぎて途中で倒れるか、捕まるかのどっちかだったよ」

「やっぱりシベリアでこき使われるんだろうな」

「うーん、でもこの先汽車が東へ向かうようだったら、まだ望みはある。ハバロフスクへ出て南のウラジオストクへ戻るなら、日本への帰国の道につながる。ただし西へ向かったら……ダメだ」

実は、野宿をするたびにあちこちで同じような話が交わされ、絶望感にさいなまれて声を殺し泣き出す者もいた。夜が明けると、ソ連《れん》兵が追い立てるように日本《にほん》兵を再び貨車に詰め込んだ。

「ダモイ、ダモイ（帰国、帰国）」と、まるで街売りのように同じ文句を繰り返して貨車に乗るようにせきたてた。しかし、もはや本気でダモイを信ずる者はいなくなっていた。当初は「これから汽車に乗って帰国する」という説明だったのだ。永田《ながた》隊の渡辺豊《わたなべゆたか》少尉は、時計に立てたマッチ棒の影で走る方向に神経を集中させていた。

「隊長、やはりこの汽車は西に向かって走ってます」

渡辺は、永田の耳元で自分の見立てを説明した。実は永田行夫《ゆきお》もさっきから同じことに気づいていた。当初のソ連側の説明は、「南回りをするとアメリカ軍と出会い、不測の事態が起こりかねない。だから南を避けてウラジオストク経由で日本に帰国させる」というものだった。しかし、太陽が左に見え続けるということは、列車は日本海《にほんかい》側に向かっているのではなく、ウワサとなっていたシベリアに向けて走っているのではないか、と推察できた。

「最初からシベリアへ連行すると言えば、日本兵の逃亡が多発し、混乱の恐れが高まる。だからウラジオストクから帰す、などとウソをついたのか」と永田は合点したが、もはや後の祭りだった。永田は、ウソだとわかっていても捕虜の身では何もできなかっただろうと思った。渡辺の心配そうな顔を見た後、車内に高まりつつある不安を静めるために、自分の推理を車内の部隊員たちに説明した。

「どうやら日本へ帰国できるというのは、ヌカ喜びだったらしい。我々は捕虜としてシベリアか、ソ連国内のどこかに送られることを覚悟しておいた方がよい。どこで降ろされるか、まだわからないが、とにかく協力しあって生き延びてゆこう」

永田の声を聞いて、車内は一瞬静まり返ったが、直ちにあちこちから「やっぱりシベリア送りか」という不安気な声が、さざ波のように広がった。

敗戦から約一ヵ月後の九月十七日、永田隊は奉天の皇姑屯《こうことん》からようやく汽車に乗せられたが、進行方向は南の大連《だいれん》方面ではなく逆の北の方角だった。しかも、汽車とは名ばかりで、大型の六〇トン貨車に約五〇人が詰め込まれた。貨車なので窓はなく、左右に引き違いの扉があるだけで、全員がムシロに寝かされた。寝るといってもスペースに余裕がないため、頭と足を互い違いにして横になるのが精一杯だった。一度立ち上がって用足しに行ったりすると、今までの自分の居場所がふさがってしまい、次の人が立つのを待って素早くもぐり込むといった具合だった。

貨車には、もちろん便所の備え付けもなかった。したがって貨車が停車すると、扉を開けて貨車から飛び降り、線路際に皆が一斉に並んで立小便や大便をすます有様で、その光景は列車が止まった時の日常的風景となった。問題は走行中に便意をもよおした場合である。そんな時は「もうダメだ、おーい頼む」と言って、扉を開けて仲間に手足をしっかりと押さえてもらったうえで、尻《しり》を外に突き出して用を足すようになった。扉を開けると風がピューピューと入り込み、寒いために貨車の中からは、

「まだクソは出ないのか、早く出せよ」

などと罵声《ばせい》が飛ぶ。しかし、尻が冷えるせいか、便が出なくなり、その惨めな姿に打ちのめされた気持ちを抱く兵隊も少なくなかったのである。

汽車とはいえ、ソ連の軍用列車が後からやってくると、通過するまで待避線に入って停車するので、走ってはすぐに止まり、止まってはまた動き出すという具合で、一日にせいぜい六〇キロ程度しか進んでいなかった。それでも奉天から新京《しんきょう》（今の長春《ちょうしゅん》）、ハルビン、北安《ほくあん》と北上するにつれ、寒さが身にしみはじめた。まだ九月だったが、中国《ちゅうごく》北部、ソ連領が近づくにつれ、冬の寒さになった。シベリア送りになった際の酷寒が、嫌でも想像された。食事は黒パンと雑穀の粥《かゆ》だけ。寒さのせいかパンはカチカチに固まっており、皆に切り分けるのも一苦労だった。

貨車の中では、捕虜の日本兵たちが「やはりシベリアへ送られるんだ」「いやウラジオ

ストクから日本へ帰るんだ」などと議論が絶えなかった。だが、誰も本当の行き先を知らなかった。

寒い夜だった。全員が河原で野宿することになり、思い思いに寝ころんだ。空気が澄み、空には星が瞬いていたが、それは「きれい」というより冷たく光るだけのように見えた。アムール河から吹き渡る風に耐えかねて、兵たちは流木をかき集め、あちこちで焚《た》き火をして暖をとった。そのうちにソ連兵もやってきて一緒に火にあたっていたが、隙をみて日本兵の身の回り品をひったくって行く者も出てきた。

「ドロボー、この野郎！」

などと日本語で叫ぶが、ソ連兵はどこ吹く風で、置いてある袋や時計など金目のものを平然と持っていくのである。ソ連兵の中には三つも四つも腕時計を持った者もいた。だが彼らはネジの巻き方を知らないようで、時計が止まって動かなくなってブツブツ不満を言う者も少なくなかった。ソ連兵のかっぱらいを避けるため、日本兵たちは、焚き火に尻を向け、外向きの円陣を作って、内側に荷物などをおいて守りを固めたりしたものだ。

こうして貨車は、奉天から約一二〇〇キロ、満州《まんしゅう》北端の国境・黒河《こくか》（愛輝《あいき》）に到着した。荒涼とした満州国境で貨車から放り出されると、眼前には滔々《とうとう》たる大河・アムールが流れ、対岸はかすんで見えないほどだった。部隊は休む間もなく、伝馬船に乗せられてアムール河を渡り、ソ連領のブラゴヴェシチェンスクに運ばれた。貨車に揺られること約三週間、ソ連に入ったのは十月八日だった。

免れたシベリア送り

ソ連領へ入ってから、列車は西へ西へとひた走り続けた。「やはりシベリア送りか」とみんな暗澹《あんたん》たる思いに陥っていたが、そのうちに「行き先はタシケントという場所らしい」というウワサが広まってきた。しかし、誰もタシケントがどこにあり、どのような場所か知らなかった。ただ、シベリアではなさそうだということは何となく感じ、隊員たちも少しホッとした様子だった。酷寒のシベリアの生活は極めて過酷だと聞いていたからだ。

列車はそのうち湖岸に出た。打ち寄せる波が海と同じように見えたが海ではなく、それが有名なバイカル湖だった。湖の南端を東側から湖岸に沿って西岸へ行き、バイカル山脈のふもとにある中心地イルクーツクに向かう。湖畔で原木を積んだ小さな駅に途中下車し、湖水で顔などを洗った。すでに秋の気配が漂い、水を顔に当てると冷気で肌が引き締まる思いだった。ただ、狭苦しい列車内から解放されて久しぶりに、みんながにこやかになった。

湖岸を二日ほど走りイルクーツクに着くと、全員が降ろされ、建物の中に入れられた。その後、全員に番号のついた丸い針金の大きな輪が渡され、着ているものを全部脱いで輪に通して係に渡すよう命じられた。真っ裸になると、隣室に大きな風呂《ふろ》があったので、みんな歓声をあげた。互いに背中などを流しあうと、アカの出ること出ること、よくまあこんなにたまっていたと思うほどで、生き返ったような心地になった。風呂を出ると、輪に通した着衣を戻してくれたが、熱い乾燥室に入れてあったせいか熱くなっており、衣類はチリチリに縮んでいた。


「おいおい、何をのぞいているんだ」

古参兵が仕切り板の節穴を見つめている二等兵に声をかけた。

「は、向こうで女がシャワーを使っています。みんな裸であります」

その声を聞いて、みんな仕切り板に寄ってきた。節穴から見えた光景は、二〇～四〇代のロシア女性たちが、真っ裸でシャワーを浴びたり、体を洗っている姿だった。ブラウン系の髪、下の方も同色の毛をもつ豊満な肉体が、ピチピチと水をはじいている。久しぶりに見る女性の裸に誰もが押し黙り、順番に交代して思わぬ目の保養に嬉《うれ》しそうだった。

ソ連では、女性たちも男と同じように働くのが普通だったから、近くの製材工場などで働いた後だったのだろう。日本兵に見られていることも知らず、ロシア女性たちは何の警戒心もなくお喋《しゃべ》りをしながら、豊満な肉体を惜し気もなくさらけ出していた。見ていたのは、わずかな時間だったが、貨車に乗ってからも長い間、ロシア女性の裸の話でもちきりだった。

イルクーツクを出るとさらに西へ走り、クラスノヤルスク、ノヴォシビルスクへ向かった。ノヴォシビルスクはシベリア本線と、南下しアルマータ（今のアルマトゥイ）、タシケントなどへ向かう線に分かれる分岐点となる駅だ。そのせいか、数本の引込線には貨車が何十輛《りょう》と入っており、給水や燃料補給などで立ち働く人々が目についた。

ウズベキスタンのタシケント、〝石の都〟へ入る

永田隊の一行は、ノヴォシビルスクから一挙に南下し、ゴビ砂漠の西側を走り、カザフスタンのバルハシ湖を見ながら、首都アルマータに到着した。バルハシ湖に落ちる夕日は、満州で見た夕日よりも大きく輝いて見えた。ここでも一部の捕虜が下車させられた。彼ら

はこの近辺で収容所に入れられ、労働に従事させられるのだろうか。酷寒の地とされるシベリアよりマシかもしれないが、日本から遥《はる》か彼方《かなた》へ来てしまったという心細さは誰の胸にも覆いかぶさったようだ。

アルマータで降りた日本兵たちとは、言葉を交わすこともできないまま別れた。永田隊らいくつかの部隊はさらに西南に走り、十月末にようやく目的地といわれていたウズベキスタンのタシケントに到着した。一日の走行距離が六〇〜七〇キロだったから、約一ヵ月半、四〇〇〇キロ余に及ぶ貨車の旅だった。気候は日本の秋よりやや寒い程度で、皆ホッとしていた。

タシケントでは約一〇〇〇人の日本兵が降ろされ、うち永田の率いる第一中隊の二四〇人は、徒歩でラクダとロバの行き交う大通りを行進した。途中では、タシケントの住民が初めて見る日本人を物珍しそうに眺めていた。まもなく、近くの四つ角に建つ有刺鉄線に囲まれた小さな建物に入った。そこが、永田隊やその後に入ってくる捕虜ら約四六〇人が二年余にわたって暮らす第四ラーゲリ（収容所）だった。

タシケントは、北緯からみると日本の青森《あおもり》、中国の北京《ペキン》とほぼ同じ緯度の所にあった。中部シベリア、極東地区からだと遥かに南、西は砂漠などが中心の平坦地《へいたん》、東は天山《てんざん》山脈系の中間高地にあり、夏は暑く冬は寒かった。春、秋の季節が非常に短く、それを考えると日本の四季、各季節の雰囲気は格別だった。全体に気候は乾燥しているので、夏は三〇度を超えても日陰に入ると過ごしやすかった。多民族国家らしく、日本人に似た顔つきの人間や西洋人のような顔、インド系、中国系など様々だった。体つきも日本人とそう変わらず、人懐っこい民族のように見えた。タシケントとは、石の都という意味だということも後で知った。

永田たちが足を踏み入れたウズベキスタンは、中央アジア諸国の中心的存在である。ウズベキスタンのほかカザフスタン、キルギス、タジキスタン、トルクメニスタンを中央アジア五ヵ国と呼び、その中心的存在が紀元前から歴史的にみてもウズベキスタンだった。国土面積こそカザフスタンの六分の一程度だが、それでも日本の一・二倍、中央アジア諸国の中でもほぼトルクメニスタンと並び二、三番目の広さを持つ。しかし人口は中央アジア五ヵ国の中では圧倒的に多く、現代では三〇〇〇万人を超えている。日本の縄文《じょうもん》時代にあたる頃、すでにサマルカンドなどに都市文明が成立しており、紀元前三〇〇年代にはギリシャ（マケドニア）のアレキサンダー大王が侵攻し、ヘレニズム文化などを伝えている。

その背景にはヨーロッパ（特に地中海《ちちゅうかい》のローマ、ギリシャ文化）と中国（長安《ちょうあん》）を結ぶ東西の重要な交易路だったことがある。中央アジアのオアシス地帯には隊商たちが休養する大きな街があり、砂漠の民が東西の文物を運び、文化の融合地帯になっていたのだ。

サマルカンド、タシケント、ブハラ、ヒヴァ、といった都市は、大航海時代がやってくる一五世紀までは、世界の陸の東西交易路の重要な街道の中心だった。このため、ウズベキスタンにはギリシャなどヨーロッパ人だけでなく中国、インド、アラブ、トルコ、モンゴル、ペルシャ民族も頻繁に通行していたし、度々侵攻してきていた。東西文明の交差点にあたるサマルカンドやタシケントの要衝を押さえることは、交易路であるシルクロードを支配できることにつながったからだ。

むろん、このシルクロード支配の攻防には中央アジアの部族やウズベキスタン地域に住んで建国したチャガタイ、ティムール、コーカンドなどの国々も加わっており、紀元前から興亡を繰り返していたのだ。それが、一九世紀に入ると帝政ロシアが侵攻し、ロシア領の植民地となった。ロシア革命後は、社会主義ソ連が中央アジアをそのまま傘下に組み込み、ロシア語を強制し社会主義体制をとったが、宗教はイスラム教が伝統となっていた。

ウズベクの英雄ティムールは生粋のウズベク民族出身で、一四世紀半ばにサマルカンドを中心に中央アジア南部からグルジア（現ジョージア）、バグダッド、インド、シリアまで侵攻したといわれる。ティムールはサマルカンドに華やかな宮廷文化を築き、その後も文学、天文学を発展させ、世界遺産となっている数々の美しい青色のモスクを建設した。中央アジアの中でもウズベキスタンはオアシスに恵まれ、特別な文化を築いてきた〝先進地域〟だったのだ。タシケントと並ぶ大都市・サマルカンドは、現代でも〝青の都〟と呼ばれている。

ボリショイ劇場建設という特殊任務

大まかなソ連の捕虜政策をみると、満州で捕虜とした日本兵はシベリアなどで森林伐採、道路・鉄道建設などに使用することが主目的だった。ところが永田隊に与えられた命令はタシケントで劇場を建設するというまったく別の任務だった。他の捕虜たちの労働に比べ、ウズベキスタンのタシケント市でオペラハウス「ナボイ劇場」を建設するという任務が、いかに特殊な仕事であったかがわかる。と同時に、その任務にあたる捕虜たちは建築などに適した工兵でなければならなかった。そうした視点で選ばれた中心部隊が満州にいた第一〇野戦航空修理廠《しょう》の部隊であり、永田隊だったのだ。その後人手が足りなくなった時も、タシケントにいた工兵を集めたのである。

ソ連は威信にかけて、オペラハウス「アリシェル・ナボイ劇場」を革命三〇周年（レーニンによるソビエト政権樹立は一九一七年十一月七日）の一九四七年十一月七日までに完成させようと計画していた。日本人は手先が器用で勤勉であることを知っていたので、永田隊一行や、その後中央アジアへ抑留された日本人捕虜たちの運命は、そうした大きな流れの中で定まっていったのである。

オペラや音楽を好むソ連は、大きな都市にはオペラハウスやコンサートホールを持っていた。ソ連はすでに大戦前にタシケントへモスクワ、レニングラード、キエフと肩を並べる壮麗なオペラハウスを建設する計画を用意していた。しかも、設計者にはモスクワ・赤の広場の「レーニン廟《びょう》」を設計したソ連第一級の建築家シュシェフを指名しており、その設計図はできていたのだ。

ソ連は各都市にオペラハウスを作っているが、一級の劇場は〝ボリショイ〟劇場と呼ばれる。タシケントに建設されるオペラハウスも、国内に数ヵ所しかないボリショイ劇場になる予定だった。

レンガ作り三階建ての建築で、建物内部にはいくつかの控えの間やパーティの部屋があり、壁装飾は中央アジアの各地域の特色を生かすように工夫されている設計となっていた。

パリやローマにある一流のオペラハウスにまったく引けをとらない、堂々たる劇場を建設する予定だった。

しかし、オペラハウスの建設が始まると、まもなく大戦となり、土台と一部の壁、柱などが作られたが工事は中断されたままだった。そこへ日本兵の工兵部隊の利用が考えられたのだ。こうして、シベリア抑留とは違った永田隊らの特殊な抑留生活が始まっていったのである。

タシケント・第四収容所

収容所《ラーゲリ》は、これから建設に入るナボイ劇場から約一〇〇メートル離れた公園のような場所の一角にあった。居住棟はレンガ作りの二階建てで、細長い棟割り長屋の形をしており、地下一階もあり、三棟あった。周囲は有刺鉄線で囲まれ、四隅には監視塔が建っている。逃亡者が出たり、収容所内で暴動などが起こらないかどうか見張るためのようだった。

一階建ての管理棟には食堂、医務室、バラックのラマ小屋、狭い衛兵所などがあった。

居住棟には一、二階に鉄の二段ベッドがあり、ベッドの上には固いわら布団と毛布、ちっちゃな粗末な枕があった。収容所の人数が増えてきた時は地下室にもベッドが入れられた。

居住棟の二階正面階段の側には小部屋があり、これらは将校室にあてられていた。また地下室の一部には鉄格子をはめた小さな営倉もあり、成績不良者や反抗的態度を取った者が時折入れられた。しかしそのような場合も、炊事班が内緒で特別食を差し入れていた。

管理棟には調理室と食堂があり、木製のテーブルと椅子がずらりと並んでいた。当初、兵隊たちは自分が所有する飯盒《はんごう》（炊飯できる日本軍隊独特の軍用弁当箱、炊飯器）の蓋《ふた》におかず、本体にお粥などを入れて、手製の箸《はし》やスプーンを使って食べることになっていた。

収容所の周囲は大きな白樺《しらかば》やポプラなどの街路樹が立ち並び、緑が目に沁《し》みた。殺風景な砂漠や荒れはてた石ころとわずかな灌木《かんぼく》の生えた土地を何日も見続けてきたので、近代的な街と緑したたる巨木が立ち並ぶ風景は心地よかった。誰かが「ここは砂漠のオアシスにできた街じゃないかな」とつぶやいていたが、まさにその通りだった。

収容所に入るとまずカードを渡され、ソ連の将校から姓名、生年月日、軍隊における階級、所属部隊などを述べるように申し渡され、「それが終わったら身体検査だ」と指示された。

全員に番号もつけられた。一番は永田隊長、二番は堀内《ほりうち》中尉、三番は繁田《しげた》技術少尉など、おおむね将校の階級順から二等兵まで、いわゆる背番号で識別できるようになっていた。

「静かに……静かに！」

ソ連の将校が収容所の中庭に集めた日本兵捕虜を前にロシア語で喋《しゃべ》り出した。

「まず荷物を置いて、身体検査を医務室で行う。全員裸になって待機するように。これからのことは身体検査が終わってから指示する。以上」

ソ連兵が「こっちへ来い」と誘導し始めた。

「身体検査って何だろう？」

「これから働かされるから、健康状態や体力を見たうえで仕事の振り分けを決めるんじゃないか」

「ここの医者は女性らしいぞ」

「えっ、じゃあ女医の前で真っ裸になるのか」

古参兵たちがあれこれと推測や長旅の途中で仕入れたウワサなどを小声で話しながら、ソ連兵の後ろをついてゆく。若い新兵たちは異国で始まる捕虜生活に緊張した面持ちだ。

医務室の近くに行くと「全員裸になり、一切の衣類を脱いで医務室で検査を受けるように」と言われ、みんな真っ裸になった。敗戦、捕虜……と、目まぐるしい二ヵ月で、食糧も十分でなかったためか、裸になった隊員たちはほとんど全員が痩《や》せこけたように見えた。

しばらくして最初に医務室へ入った隊員たちが出てくると、驚いたように叫んだ。

「おい、医者はやっぱり女だったぞ」

「どんな検査なんだ？」

「よくわからんが、お尻の肉をちょっとつねって終わりだ。尻の肉がついていれば合格ということらしいな」

「女の医者ってどんな感じだ？」

「ガッチリした体つきで、男の裸なんか見慣れているんじゃないか。顔色ひとつかえず、次っ、次っと言いながらケツの肉をつねっていたよ。そばに看護婦もいたけど、こいつも無表情だったな」

検査を終わった者が次々と出てきて、同じような感想を口にした。後でわかったことだが、女医の位は将校だった。

医務室には診療室とベッドのある病室があったものの、薬品類は少なかった。日本兵たちが驚いたのは、医者が全員女性だったことだ。女医の部下として看護婦がおり、ほかに日本人の衛生兵鈴木《すずき》音一《おといち》、矢口《やぐち》西一《とりいち》が手伝うことになったが、矢口は劇場の人手が足りなくなったため、後に劇場作業にまわされてしまった。

ドクトル（医師）の仕事は収容所の日本人の衛生と健康の管理が中心だ。身体検査を行い、体の丈夫さを見てクラス分けをするのである。お尻に肉がついていればピエルーウィー（一級）と認定されて仕事に出され、フタローイ（二級）だと所外作業に割り当てられる。三級は軽作業だ。肉が落ち痩せているとオーカー（作業免除者）と認められ、ノルマのない所内作業に従事することになる。この基準はどこの収容所も同じだったようだ。体の調子が悪くても、三八度以上の熱があるとか下痢が続いていなければ休めず、神経痛のように症状がはっきり見えない隊員が一番苦しそうだったという。

身体検査といっても、聴診器をあて内臓の様子を診察したり、脈拍をはかるといったことはほとんどない。まず検査機器など何もないのである。

オペラハウス建設四五七人の隊長となる

隊員は全員永田隊長の一番から階級順に二四〇番まで番号をつけられ、まず炊事勤務八人、医務室要員二人、体力のないオーカー数人を決め、永田中隊長の下に第一陣で来た二四〇人を四個小隊に分けるよう命じられた。

永田は第一小隊長に堀内武司《たけし》中尉、第二小隊長に繁田達夫《たつお》技術少尉、第三小隊長に渡辺豊技術少尉、第四小隊長には東京帝大出身の学士、都丸泰助《みやこまるたいすけ》少尉を選んだ。その後、この第四収容所には翌年夏までに合計二一七人が転入してきたため、転入組の第五小隊長には熊本基雄《くまもともとお》少尉、第六小隊長に山辺正《やまべただし》少尉、第七小隊長に江口栄一《えぐちえいいち》見習士官、そして最後の第八小隊長は市川次雄《いちかわつぐお》曹長を指名した。通訳にはロシア語のわかる東條隆眞《とうじょうたかまさ》をあてた。

第五小隊はタシケント第二収容所からの転入で、第二陣で来た第六小隊は第八収容所からの転入組、第七、第八小隊は召集兵が多く、三合里《さんごうり》からタシケントに連れてこられた者たちだ。

こうして永田は、第四収容所の四五七人を指揮することになるのである。隊員は一八歳から三〇歳までがほとんどで、元の職業も大工や農民、工場の労働者など様々だった。永田は二五歳の若さながら、そうした人々をまとめてゆく任務を負ったのである。

ある日、医務室勤務だった山戸潔《やまべきよし》が入院した。タシケントの収容所に入る前から下痢が続き体調が悪かったが、全員の身体検査が終了するまで気を張って任務を続けていた。しかし全員の身体検査が終わった時点で病気を申し出たところ、直ちに医務室入りとなり、二日間ほど意識をなくし眠っていたという。

入室後、しばらくしてタシケント衛生試験所から検便の結果が伝えられ、アメーバ赤痢が発見された。しかし当時はエメチンと呼ばれるアメーバ赤痢の特効薬があり、五日間で下痢が止まった。食欲も出て体力の回復を待ったが、ドクトルは「ここで労働をしながら栄養失調を回復するのは難しい」と判断してくれて、モスクワに近いカザンの病院へ送られることになった。カザンには様々な収容所から来た入院患者がいて、ドイツ人も入院していたという。半年後にウズベキスタンのチュアマの療養所に移され、さらに一年後、フエルガナに移送されて農作業に従事した。

当時、病院や療養所送りとなった捕虜はまず生きて帰れない、とウワサされていた。だが山戸の場合は抑留三年のうち、労働したのは約一年ほどで、それも軽労働だった。

山戸自身は「病院では特に看護婦に親切にしてもらい世話になりました。アメーバ赤痢は体力が落ちると再発したが、特効薬のエメチンのおかげであまり心配せずに済んだ感じでしたよ。ソ連側からすると私のような者を抑留して何の得にもならなかったのではないですかね。私の場合は、他の収容所の人の話を聞くと本当にツイていたと思いました」と、病人としての抑留生活を述懐する。

国際条約で捕虜や病人を虐待したり、その扱いを粗末にしたりすることは禁じられていたことと、良きソ連人に巡り会えたことが幸運をもたらしたのだろう。

収容所長アナポリスキー

こうして、一九四六年夏までには計四五七人が収容所に揃い、ナボイ劇場完成まで一緒に生活を送ることになる。永田隊の二四〇人に加え、後から二一七人が転入してきたのは、劇場完成予定日に間に合わせるため、ソ連側が労働力を補充したとみられる。

最初に第四収容所に入った永田中隊は、数日間は収容所内の整理や修繕作業にあたるように命じられた。その間に永田は、ソ連側の収容所長アナポリスキー大尉（収容所全体の統制担当職であるナチャリニック）、警備担当（デジュールヌイ）、計理（インチェンダント）、医務担当（ドクトル）などに呼ばれ、命令書や仕事内容、工期などを伝えられた。デジュールヌイ、インチェンダント、ドクトルは全て将校クラスで部下を数人使っていた。

所長のアナポリスキーは、初めて第四収容所の仕事内容を明かした。

「わが共産党は一九一七年十一月七日にニコライ二世のロマノフ王朝を打倒し、ソビエト連邦《れんぽう》を樹立した。そこで革命三〇周年を記念してソ連邦各地に記念建築を行っている。このウズベキスタンのタシケントにも、オペラハウスを建設することが決定していた。しかし、工事にとりかかっている最中に大戦となってこれまで中断していた。このオペラハウスはモスクワ、レニングラード、キエフと並ぶソ連の四大オペラハウスのひとつにするというのが党の決定だ。そこで、ウズベク人らと一緒にオペラハウスを革命三〇周年にあたる一九四七年十一月までに完成させる計画である。これがソ連共産党の命令であり、諸君らの任務だ」

アナポリスキーは青い眼をした、痩せて背の高い三〇代前半に見える将校だった。体が弱いのか、よく咳《せき》をした。ただ、戦争の勝者だと言って威張り散らすタイプではなく、隊長の永田やほかの日本人将校らを呼ぶ時は、決して呼び捨てにすることはなかった。永田は〝なかなか教養のある軍人らしいな。国際的な捕虜の取り扱い方を取り決めた作法でやってくれるかもしれない〟と、今後の収容所生活に多少の安堵《あんど》感をもちながら、仕事の内容などを聞いた。

「我々は一体何を担当するんですか。劇場を完成させろと言われても、具体的な内容を知らされなければできませんよ」

「劇場の建設地は、この収容所の正面一〇〇メートルほど先にある公園の中だ。すでに土台やほんの一部の柱、壁などはできている。具体的な仕事の内容や段取り、工期などは劇場建設の総責任者をしているレオニードと相談して欲しい」

劇場建設の総責任者は工期や建設予算、安全管理、人事などを全て指揮しており、その任にあるのがレオニード・ヤコブレビッチ・ピックマンだった。レオニードは永田と会うなり、

「このオペラハウスの設計者はあの〝赤の広場〟の有名なレーニン廟を設計した、ソ連で第一級の建築家シュシェフ氏だ。だから、何としても三〇周年の革命記念日までに間に合わせるのだ」

と有無を言わせぬ口調で述べたてた。


「最も重要な使命は全員が帰国することだ」

レオニードは一九二〇年生まれと収容所長から聞いていたので、まだ二五歳の若さだ。永田より一つ年上である。ユダヤ人と言われているが、その若さで革命記念の建物の総責任者を命じられているのだから、相当な共産党のエリートと見受けられた。言われてみるとスマートさがあり、野太いタイプとは全然違って見える。逆に彼の下にいるニコライ・ワシーリビッチ・ブルツェフ技師長は、小太りのスラブ系ロシア人でなかなかの貫禄《かんろく》があ

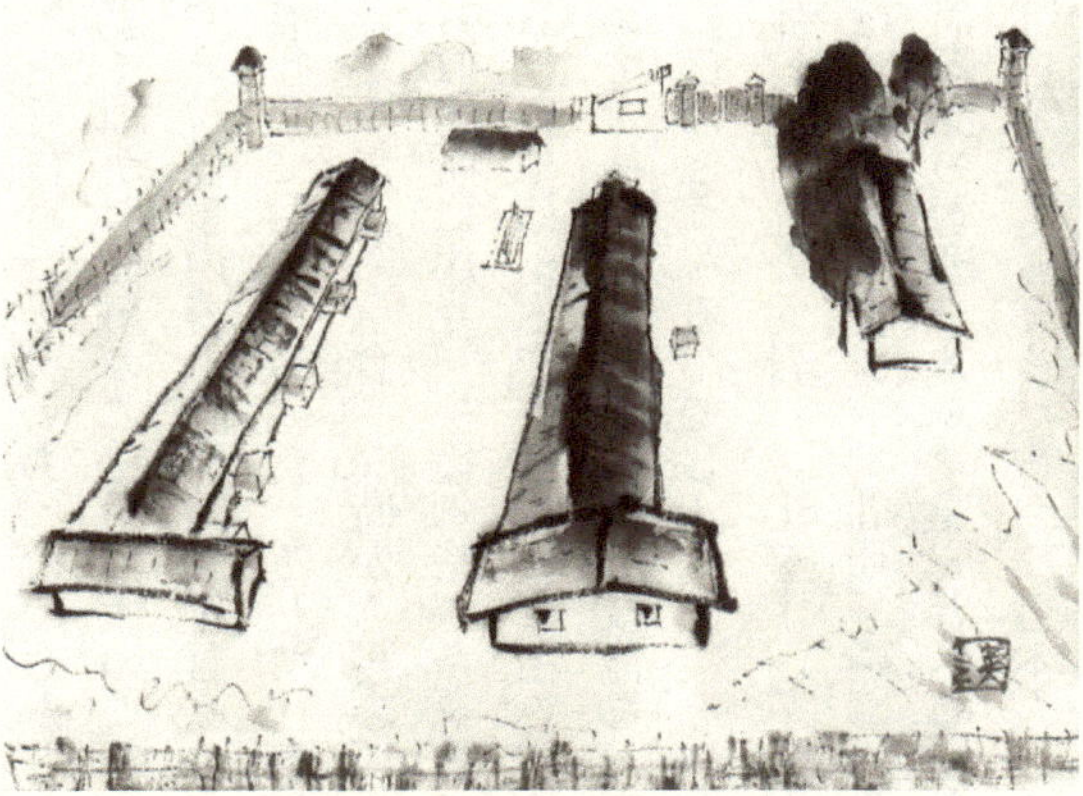

収容所風景（抑留兵・小林英三画）

土木作業へ向かう様子（抑留兵・小林英三画）

った。すぐ捕虜仲間の間では「ブルドッグに似ているなあ、これからは我々の中では〝ブル〟と呼ぼう」と笑いあった。しかしブルはつきあってみるとなかなか気さくで、日本人によく細かな仕事のことや技術のことを気軽に聞いてくる男だった。

「では、仕事内容や勤務時間を言うのでメモして欲しい。日課は朝六時起床、洗面、掃除後点呼して七時から朝食、そして仕事は八時、作業開始となる。午前中は正午までで収容所に戻ってから昼食、一時から再び劇場で作業。五時に作業終了となり、道具を整理してから収容所に戻り、午後六時から夕食で、後は自由時間だ。ただし九時には消灯し就寝となる。仕事は土木作業やレンガ積み、鉄筋、鉄骨作り、彫刻、電気作業などといろいろあるので、後で日本側で各人の技能など考えて編成を組むように。以上である」

「休日はどうなるんでしょう？　それと食事や入浴は十分なんでしょうね」

「休日は日曜と元日、メーデー、革命記念日で一日は八時間労働となる。食事や衣服のことはインチェンダント（計理）に聞いて欲しい。インチェンダントは食糧、衣服、燃料など消耗品の管理、ノルマ達成者への賃金などを担当している。ノルマ以上の仕事をしたものは賃金ももらえるだろう。日本人への指示や収容所全般のことはナチャリニックのアナポリスキー大尉に聞いてもらえばわかる」

厳しいシベリアの労働や収容所のウワサを聞いていたので、レオニードの言葉通りならシベリアより厳しいことはないだろうと、永田は内心ホッとした。通訳の東條隆眞がレオニードの言葉を伝えながら安堵した様子もみてとれた。収容所内ではかなりひどい苦役が待っていると、口々に情報が飛び交っていただけに、八時間労働で休日もあり食事も三食きちんと出ると聞いて〝最悪の事態にはならないで済むな〟と感じた。

永田は収容所に戻ると、全員を食堂に集めて今後の仕事や生活時間などの点を伝えた。

「ここはシベリアなどに比べると気候はよいし、今日聞いた限りの話では食事は三食きちんと出るほか、労働時間も決められているようだから、他の地域の収容所に比べると条件は恵まれているように思う。我々がここに連れてこられた理由は、劇場工事に適しているとみたからだろう」

「隊長、劇場建設といっても、具体的にはどんな仕事内容になるんでありましょうか」

「大ざっぱなことは聞いているので、今から仕事別に班をつくる。各自、自分の職歴や適性を考えてそれぞれの班に入って欲しい」

永田はそう告げると、班ごとの仕事内容を発表した。

「土木作業、床工事と床張り、測量、高所作業——これはとび職と考えてもらってよい。

その他にレンガ積み、これは外壁をレンガで作るためだ。電気工事、鉄筋と鉄骨組み立て、ウインチ、足場大工、大工に左官仕事、板金、建物が出来上がってきたら電気配線工事、溶接、指し物、壁などの彫刻もある。全部で二〇種類ぐらいの仕事になるだろう。劇場の完成具合によって、班の編成も少しずつ変えてゆくことになると思う」

「一日のノルマもあるんでしょうか」

「当然あると考えた方がよい。完成期限が定められているから、その日から逆算してノルマを決めると思う。完成目標は一九四七年十一月までと聞かされた」

「じゃあ、最低二年間はこの収容所で暮らすということか」といった声が、あちこちから聞こえる。「二年間かー」とガッカリした表情も見てとれた。そんな声を聞き、隊員たちの表情、反応を見て永田は叫んだ。

「二年間は確かに長い。しかし、この劇場が完成すれば帰国の可能性は高い。だから諸君らは、この収容所生活の中でケガや病気をしないよう細心の注意をはらってもらいたい。それと、こうした狭い収容所で長く拘束された生活を続けていると、気鬱《きうつ》になったり、拘禁症患者なども出てくる。必ず不満や他人とのいざこざが起きて収容所の統制がとれなくなり、生活も荒れてくる。内部から崩れてゆくのが一番の敵だ。諸君らは互いに助け合って、もめごとなどをおこさぬように厳命する。

それと、もはや満州の部隊時代とは違うので、上官がちょっとしたことで制裁を加えたり、新兵を鍛えると称していじめたりすることも厳禁する。このことはよく心得て欲しい。我々の仕事は劇場を建設することだが、最も重要な使命は全員が無事に健康な状態で日本へ帰国し、家族と再会することだということを肝に銘じて欲しい。そのためにはいろいろ不満や不安なことが出てくると思うが、全員で協力しあって、皆で日本へのダモイ（帰国）を実現することに気持ちを一つにして欲しい」

永田はこれから始まる収容所生活の大目標を示し、協力を頼んだ。自分より年上の者や扱いにくそうな人物もいるように思ったが、ここは隊長として〝全員無事に帰国〟という任務を実現するまで決して隊員の前では弱音をはかず、臆《おく》せず、頼りにされるよう指揮していこうと覚悟を決めたのである。

「隊長、ノルマを達成できないとその日の食事などを減らされたりすると聞いておりますが本当でありますか。それと仕事によって重労働だったり、軽作業だったりと違いも出てくると思いますが、労働によってノルマの基準も違ってくるのでありましょうか」

実は、永田もそのことは気になっていた。

所長のアナポリスキーから「ノルマを守らない者は食事も少なくなるし、他の仕事を余計にやってもらうこともある。ソ連では〝働かざる者は食うべからず〟といい、働きに応じて賃金や食糧を分けることになっている。これは社会主義の基本原則なので、ノルマを達成できないようだと、この考え方に沿って対応することになる」と言われていたのだ。

しかし、隊員の言うようにノルマの内容が仕事によって異なると不公平が生じてくるし、食事の量まで違ってくると隊員同士の間で不満が高まるに違いない。収容所生活の楽しみはたとえまずくとも食事ぐらいしかないし、食事をきちんと取っておかないと体が衰弱し、病気になる危険性も高い。食事とノルマの関係は、大きな悩みの種になるだろうと思っていた。

「収容所の所長は確かにノルマが達成できなければ、与えるものも減らすと言っていた。なるべく仕事の種類とノルマが不公平にならないように工夫するし、ソ連側とも交渉するつもりだ」

永田はそう答えたが、この仕事内容とノルマの達成、そして食事の量の差別化は次第に隊員たちの間で問題化していったのである。

第三章　収容所長との交渉

食事とノルマ

収容所《ラーゲリ》に入って三、四ヵ月した頃だった。

「隊長、ノルマと食事の問題で隊員の不満が高まり、このままだとケンカになりそうです」

永田《ながた》が信頼する第三小隊長・技術少尉の渡辺豊《わたなべゆたか》が心配そうに報告してきた。静岡《しずおか》市出身の渡辺は、細身で病弱な雰囲気を漂わせた男だ。実家は当時では珍しい写真館を営んでいたという。聞くと兄が当時〝死の病〟と言われた結核で三歳にして命を落としており、「どうも結核の家系なのかもしれない」と言って、時折咳《せ》き込んでいる。そのため、永田は渡辺を軽作業の炊事班に任命していた。渡辺は、責任感が強く永田のために部隊をよくまわり、問題があると丹念に報告してくれていた。いわば永田の目となり、足となってくれていたので永田には頼り甲斐《がい》のある部下だった。しかも、言うべきことは率直に誰にでも言う真っ直ぐなところがあって、皆のまとめ役ともなっていた。

渡辺は奉天《ほうてん》で武装解除された時、集合地の鉄路《てつろ》学院で大量の本が燃やされているのを目にして、何となくそのうちの二冊を手にして、その後もずっと隠し持っていた。武者小路《むしゃのこうじ》実篤《さねあつ》の『人生論』とポアンカレーの『科学と仮説』という二冊である。なぜこの二冊を持ってきたのか、自分でもよくわからなかったが題名にひかれたのか、ずっと持ち続けていたのだ。その本のことをある時永田に話したら、面白そうに聞き、永田も理想主義的な社会のあり方や数学のことを言葉少なに応じてくれたので、渡辺は永田に一層好意をもつようになっていた。

永田はいつも言葉少なで、静かな人物という印象が強いのだが、懐の深さや二五歳とは思えない大人風の雰囲気を持ち、ちょっとのことでは決して動じない様子を、渡辺は何度か見てきている。

「そうか、もう始まったか」

永田は予期していたような口振りでつぶやき、何が一番の問題かと質《ただ》した。

「はっ、何といっても全体に食事の量が少なくまずいことです。その上、ノルマを達成できないと容赦なく食事量を減らすので、余計に不満が高まっています。特に土木やレンガ積みなど肉体作業に関係している者は、床張りとか指し物などの軽作業に比べ仕事がきついので、ノルマ達成が難しいようです。指し物、床張り、電気作業などは、かつて日本で職人として携わっていたものが多いため、器用にこなしノルマも軽々と達成します。そんなことからいざこざが増えているんです」

永田は土木に割り当てられた、腕っぷしの強そうに見える二、三人の顔を思い浮かべた。

彼らは古参兵でもあるので言いたい放題に文句を並べているのだろう。
食事内容については、永田も閉口していた。渡辺ら炊事班に聞くと、一日の一人当たりの配給量は大体次のようになるという。

穀物　米、粟《あわ》、燕麦《えんばく》など約三五〇グラム。稀《まれ》に小豆《あずき》、殻付きもある
黒パン　精白度九六％で三五〇グラム
野菜　キャベツの漬物、馬鈴薯《ばれいしよ》、皮付きの赤い砂糖大根など八〇〇グラム
肉　骨付きの羊肉塩漬け。時にラクダや亀（チェルパーカ）五〇グラム
魚　樽詰《たるづめ》のニシンの塩漬け、稀に燻製《くんせい》ニシンなど一〇〇グラム
油　植物油一〇グラム
塩　白くない岩塩一〇グラム
砂糖　さらさらして白い甜菜《てんさい》糖一〇グラム
茶　一グラム
タバコ　マホルカというマルバタバコ。将校は紙巻き一〇本、一〇グラム

ラクダの肉、骨ばかりの魚

ソ連《れん》側は、カロリーで言うと二八〇〇から三四〇〇キロカロリーはあると説明した。しかし、実態は穀物にはモミが付いていたり、羊の肉も骨の目方の方が多かったし、ラクダの肉は固くてまず嚙《か》めなかった。ひどいのは亀で、大半が甲羅でたまに卵にありつけるという程度。魚も骨ばかりということが多く、ジャガイモは腐っている部分の方が多かったりした。多分、実際のカロリーは二〇〇〇キロカロリー前後だった。

ただ調理を担当する炊事班には、みんなその努力を認めていた。倉庫から人数分の食料を受け取って、七、八人で調理する。モミ付きの穀物は脱穀したし、塩漬けの魚は塩抜きをする。そのままでは塩《しょ》っぱくて、とても日本《にほん》人の口には合わないからだ。お粥《かゆ》の炊き方も炊事班で議論した。固く炊くより水気を多くした方が膨らんで量が多くなっていいし、パンも同じ目方なら耳の部分の方が詰まっているので腹持ちが良いから、公平に順番に配分しようなどといった細かなことまで考え、みんなに伝えていた。

また、毎日の配給からソ連側の目を盗んで少しずつ適当な食料を貯め込んで、休日や祝日に増量して喜ばれた。時々、ソ連将校のダーチャ（別荘）に使役で呼ばれ余分な仕事をさせられた時は、収容所では絶対食べられないメロン、ブドウ、スイカ、ウリなどが出されることがあり、またとないご馳走《ちそう》だった。一部を隠して収容所に持って帰ると、みんな大喜びだった。

しかし、労働がきつく自由に好きなものを手に入れられない心理的な飢餓感はいつも隊員につきまとっており、食事や食物のことは収容所内の最大の問題だったのである。

永田は、そんなラーゲリ内の雰囲気や隊員の気持ちを知るため、隊員の食事の様子を見て回ることにした。細かく見てゆくと、確かに隊員によってパンの量が違う。この日のおかずは漬物風キャベツと骨付きの羊肉塩漬けなどだった。羊肉は骨ばかりが目立ち、肉はほんのわずかしか見えない。それでも腹をすかせた隊員たちは、無言で羊の骨にしゃぶりつき、黒パンを噛みしめている。

永田は小さなパンをかじっている隊員に近づきささやくように聞いた。

「どうだ、腹はふくれるか？」

「あ、隊長ですか。いやー、今日はノルマが達成できなかったと言われ、パンは小さいのしかくれませんでした。もっと雑に仕事をやっていればノルマは達成できたんですが、後で崩れたりすると大変なんで、丁寧にやっていたら、ノルマの量までいかなかったんです」

「仕事は何をやっている？」

「はい、レンガ積みであります。レンガ積みは簡単なように見えますが、一個ずつきちんと垂直に積んで、レンガとレンガの間の目地にきちんと平らにモルタルを塗っておかないと、後から傾きが出て全部崩れちゃうことがあるんです。なので、結構時間がかかるんですよ」

するとと隣にいた一等兵も口をはさんできた。

「私は床張りですが、これも一枚一枚の小さなパレットを水平に高低差がなく、隙間ができないように張らないと見た目が悪いし、床に凹凸ができるので神経を使うんですよ」

隊長が仕事内容とノルマのことを聞いているとわかったのか、周囲の隊員たちはみんな食事をやめて口々に仕事の難しさを訴えてくる。

「私は壁などの彫刻担当ですが、高い所でやっていると、時々足元がふらついて下に落ちそうになるんです。で、ゆっくり落ち着いてやろうとすると、今度は石膏《せっこう》が固まって彫りにくくなる。やわらかいうちに彫ろうとすれば焦って体のバランスが崩れるし、他の仕事に替わらせてもらえると有難いんでありますが……」

「今井《いまい》班の連中は高い所に慣れているようで、高い所の作業も平気でこなしていますよ」

今井班とは今井一夫《かずお》一等兵の下、高所作業を任されている約一〇人のチームで、後に仲間から〝今井サーカス〟と呼ばれるようになった。

「今井の組はどんなことをしているんだ」

「今は主に高所の足場を作る仕事であります。ウズベク人のナラーイという男が親方です。〝日本人はちゃんと仕事をするからあまり細かな命令をしなくてもいいから〟と言ったら、二度と口を出さなくなりました。先日は長さ四メートル位の松の丸太をいったん上に運びあげ、その松の丸太からワイヤーを吊《つ》るして、外部の足場をきちんと作りました。その上で兵隊仲間が仕事をするので、念には念を入れて作っています。以前は、監督で〝ダワイ、ダワイ（急げ、急げ）〟と怒鳴る人もいましたが、今は女性のカザコーワさんが監督で〝危険な仕事だからよく注意するように〟と気遣ってくれるし、よくやってくれたと食事の量を増やしてもらう日も多くなりました」

命がけの仕事でもあり、今井班はノルマに関しては、むしろ褒められているようであった。また、今井班には見習監督としてイーミャンという女子大学生が来ていて、毎朝アンズを持ってきてくれるという評判だった。

「今井は確か、最初は農作業とか穴掘り作業をやっていたのじゃないか」

永田は隊員たちの最初の仕事の割り振りのことを思い出しながら尋ねた。

「食料のキャベツを取り、馬車へ運ぶ仕事で、一〇日ほど二〇人位が農家に泊まり込みでした。仕事はそれほどきつくはなかったんですが、食事は畑のキャベツを塩でゆでて食べるのが毎日続いて、みんな腹をこわしたんです。そんな時に将校が見に来たので、一計を案じて一番体の大きい田中《たなか》にわざと倒れさせたら、将校がそれを見て我々に事情を聞きました。そこで食事がひどくて、これでは全員が倒れると訴えたら全員収容所に帰るよう指示され、帰ってから一〇日分の黒パンをくれました。それから仕事も替わったんです」

永田は話を聞きながら、みんなそれぞれの場所で知恵を働かせ、たくましく生きているな、と安堵《あんど》もした。

全員に平等な食事を！

「一番きつい作業はどこかな」

と聞くと、「土木と穴掘り、レンガ工場だろう」という声があちこちからあがった。

「私、岩佐《いわさ》荘平《そうへい》は最初の頃穴掘り作業をやらされました。その後レンガ工場にも行きました。一日のノルマは幅一メートル、深さ一メートル、長さ三メートル、計三立方メートルの土を掘ることでした。その位なら何とかこなせるのですが、そのうち幅五メートル、深さ五メートル、長さ七メートルの穴を掘れと言われました。これだと、一番下を割り当てられると、大体これまでの三倍の仕事量になります。掘った土を地上に上げるにはチームを三段に分けて、下から上にハネ上げていかないとできないからです。とてもノルマ達成なんてムリです。すると食事の量を減らされるし……。何とかしてもらわないと、そのうち倒れる人間は続々と出ると思います」

仕事の割り振りで評判が悪く、皆が嫌がったのはレンガ工場だった。生レンガ(一個三キログラム)を置場から窯へ一輪車に一〇〇個載せて運ぶ。しかも一日三〇回、三〇〇〇個運ぶことがノルマだった。凹凸のある地面に幅三〇~四〇センチの鉄板をレール状に敷いて一輪車を駆け足で動かす。ノロノロしているとノルマを果たせないし、バランスが崩れて脱線転覆してしまう。するとその場で一から積み直さなければならない。それを繰り返すと、指先が擦り切れて指紋が見えなくなるほどなのだ。

また焼きあがったレンガを窯から出す時は、焼けたレンガがまだ熱く、しかも窯の入り口は狭いので、レンガの重みで手元が狂うと手の甲などが窯の壁に当たって擦りむくことになるのである。岩佐荘平や初年兵の加藤金太郎《かとうきんたろう》は、一時期このレンガ工場で働いたことがあった。体の弱い仲間は一、二週間しかもたなかったほどだ。

永田の部隊は航空機の修理が任務だったので、隊員も特殊な技能をもった職人が多かった。気質も真面目でさっぱりしており、古参兵の下士官たちも人柄がよく、陰湿ないじめなどを行う者は見当たらなかった。その上、将校たちは大学を出たての世間知らずだったし、軍隊経験のほとんどない者ばかりで階級意識も強くなかった。いわば〝世間知らずの将校、人柄の良い下士官、職人気質《かたぎ》の兵〟というのが、永田隊、第四収容所の構成とカラーで、途中で他の部隊から入ってきた兵隊たちもこの雰囲気になじんでいった。永田が第四収容所の運営を比較的楽にできたのは、こうした部隊の性格があったからだ、ともいえた。

しかし、仕事の内容は決して同じではない。質、量、厳しさ、難しさなどが違う。そして、それによってノルマの達成度も異なり、健康と生活の楽しみの拠《よ》り所となっている食事の量までが人によって異なってくる。その状態を放置していると、いずれ不満や仲間割れが起こってくることが予想された。永田は〝これは何とか早く手を打って不満を解消しておかないと大問題になるかもしれない〟と思った。どうするか……とにかく、将校たちを集め策を練ろうと思い立ち、直ちに気心の知れた渡辺豊少尉を呼んで事情を説明し、将校を招集するように命じた。

食べ物とノルマのことで収容所の雰囲気がバラバラになったら、全員が無事に帰国するという目標がかなわなくなる。永田は隊長として兵を預《あず》かった時から、自分の使命を〝全員の無事帰国〟と固く思い定めてきただけに、この難局をどう切り抜けるか、まず永田自身が作戦を考え、何人かの小隊長に伝えて協力させることにした。

永田は、どうやって解決するかについて頭の中であれこれ考えを巡らせた。原則は、まずノルマの達成や仕事内容に関係なく全員に平等な食事配分をすることと、仕事の振り分けを時々替えることだと結論づけた。ソ連側がノルマにこだわるのは、〝働きに応じて配分する〟という社会主義的な発想方法と、翌年の革命記念日までに完成させなければならないという指令のためと推測できた。したがって、隊員の仕事の持ち場を時々替えることについては、仕事の進展具合さえソ連側が納得すれば、そう大きな争点にはなるまいと思った。問題は毎日毎日、働きに応じてパンの量などに差をつけて手渡すことだった。

永田の父親・辰二《たつじ》は東京《とうきよう》帝大法学部の政治学科を出たインテリだったが、結核を患い、永田が五歳の時に亡くなっていた。ただ父親の残した政治や思想、哲学、法律の本に永田も中学生時代から何となく触れたり、読んだりしてきたので、社会主義的な考え方の基本は一応はわかっているつもりだった。

確かに社会主義制度の下では、働きに応じて所得を配分されるが、その所得の所有や使い道は自由なはずだ。だとすると、一人一人がもらった食料を他人に譲っても制度に違反しないし、文句は言われない理屈になる。理屈はそうだが、捕虜同士で食料のやりとりをして皆平等にしたら、ソ連側はどう出るか。結果が平等になってしまえば、ノルマを決めて働かせる意味がないとみるか。永田にもソ連側の出方は読み切れなかったが、とにかくやってみようと決断した。

まず、自分の考えの基本を各小隊の隊長である将校たちに話し意見を聞いてみようと思った。食堂の片隅に集まった将校たちは、急な呼び出しに戸惑いながら、すぐにやってきた。「何か悪い知らせじゃないんだろうな」というひそひそ声がもれていた。永田はほぼ全員の顔が揃ったことを確認すると、いつものゆっくりとした調子で口を開いた。

ソ連側と真剣交渉へ

「今日集まってもらったのは食事のことだ。諸君も知っての通り、食事の配分はその日の労働のノルマ達成度によって量などが決められている。このため、各隊員の食事の量は日によって違う。ノルマの達成ができないと、働きが悪いとされ、ご飯やおかずの分量が減らされてしまうし、ノルマ以上に働けば多くもらえる。ソ連の将校たちは〝これが社会主義だ。多く働いた人が沢山もらい、働かない人間は量を減らす。非常に公平だろう〟と言い、多く食べたい人はノルマ以上に仕事の成果をあげることだと主張している。このことは諸君たちも知っているだろう」

永田がソ連式の食事分配の考えと社会主義のやり方を説明すると、皆黙ってうなずいた。

「しかし、このやり方には問題がある」と永田が続けると、将校たちの多くは驚いたような顔をし、〝ソ連側に文句を言うのか〟と不安気な様子を示す者もいた。

「この収容所に入った時、みんなが協力して全員無事に日本へ帰国することを誓ったことを覚えていると思う。この目的を達成するには、まず全員が健康であり続け、元気でなければならないことが第一だ。

しかし諸君も承知していると思うが、食事の量は、人によってマチマチだ。それは、一日のノルマの達成度を調べ、それによって食事の量に差をつけているからだ。皆が同じ労働環境で同じ仕事をしているのなら、ノルマの達成度によって食事量を変えるという考えもある程度わかる。しかし、知っての通り仕事の内容や危険度、体力の消耗具合などは、割り当てられた仕事によってかなり違う。毎日、楽々とノルマをこなすグループがある一方で、ノルマをこなせず食事の量を減らされる隊員も多い。

こんな状況を放っておくと、仲間内で衝突が起こったり、仕事を替えろといった要求も増えるだろう。それどころか健康状態が悪くなり、皆が元気で帰国するという我々の誓いを守れなくなることだってあり得る。そこで、全員に公平な食事が渡るような工夫を考えて欲しい」

「ソ連側は日本人の間で公平に配りたいと言っても許可しないんでありますか」

「そうだ。そのことは何度か交渉したが、ノルマの達成度に応じて食事を配分するのが決まりだと言って応じない」

「仕事を順番に替えたらどうでしょうか」

「そのことはある程度考えるが、仕事の分担はそれぞれの職歴や職人経験によって決めているから、ただやみくもに順番に他の仕事にまわったら、それこそ全体のノルマも果たせなくなるだろう」

「社会主義の考え方では、個人の所有は認められるんでしょうか」

「そのはずだ。共産主義になると、個人の所有より全体の所有が優先されると聞いているが……」

「それなら、多くもらった個人の分を他人に与えてもいいんですよね」

「そりゃそうだな」

そんな質疑や意見のやりとりをやっているうちに永田の考えていた方向に皆が気がつき始め、だんだん意見が集約されてきた。まずソ連側の言うようにノルマの達成度に応じて食事を配っておいて、その後に個人の自由として多くもらった者は少ない配分の者に分けてあげればいいのではないか、と永田は思っていたのだ。

「よし、いい方法を思いついた。諸君らは多く配分された隊員には、多めの分を少なかった者に分けてやるよう説得して欲しい。文句を言う者がいたら、このラーゲリに入った時に〝全員が無事に健康で帰国する〟と誓い合ったことを思い出させる。それでも渋る者がいたら、将校の集まりに連れてくるように命ずる。そこで説得する。以上だ。

いいな、必ず最初はいつも通り、まずノルマの達成度に応じた分量を分け、その後に同じ分量になるように分け合うように。それをソ連の将校や見張りに見せることが重要だということを忘れないようにして欲しい。ソ連側の考え方通り分配していることを、目の前で見せて欲しい。その後に個人の所有物を分け合っていることを見せたいと思う。ここが肝心だ。いったん自分の所有になった物を自分の意思で他の人に分け与えている、ということをわからせ、見せつけることだ。もめそうになったら私が出て行って話をするから、心配する必要はない。

今日はこれで解散とする。各小隊毎に食事委員会を作って皆に説明し、我々の目的とやり方を十分に理解してもらってくれ。実行は皆が納得してからだ」

将校たちが出て行くと、最後に残った渡辺が心配そうに言った。

「大丈夫なんですか、ソ連将校に逆らって……。隊長が変なことになるとラーゲリ全体が混乱しますよ」

「うーん、あのアナポリスキー所長は、論理が通っていれば理解するとみた。無茶なことはしないだろう」

その後、さらに下士官たちを集め、自分の考えを説明し、分配を手伝うように要請した。

下士官たちは、永田の奇抜なアイデアに驚いた。いつも重労働にあたり、ノルマを果たせずに食事の量が少なくなり、痩《や》せていく隊員を見ているので、多くの下士官は永田の考えにうなずいた。

「ソ連側が有無を言わせずダメと言ってきたらどうします？　その場合でも強行しますか」

渡辺は聞いた。炊事班の責任者だけに、その後の混乱のことも考えていたのだろう。

「その時は、私が責任者となって交渉するから、黙って見ていて欲しい」

永田はきっぱり断言した。アナポリスキー所長なら、話に応じ、少なくとも議論はしてくれるだろう。ここ三、四ヵ月位の所長の言動や管理運営法を見ていて、何となく筋を通せばわかってくれるのではないかと漠然たる思いがあった。

永田とて、まったく展望のない賭《か》けに出て目をつけられるつもりはなかった。

実験

いよいよ実行する日がきた。事前に将校たちに実行を伝えておいたが、やはり胸が高鳴った。将校たちも緊張の面持ちだった。

永田は食事が始まるタイミングをみて、「みんなが健康でいられるよう、食事の配分の少ない者には、多い者から分けてやって欲しい」と合図の言葉を発した。まずこの日は数人で実験をしてみようということになっていた。ソ連兵らは何事かと永田を見つめ、異変が起こるのかと身を硬くしたようだった。下士官たちは事前に実験班の兵隊たちには考え方を伝え、理解を求めていたので、合図の声に従って静かな動きがあちこちに見られた。

何人かの日本人捕虜が立ち上がって、近くの捕虜の皿にパンをちぎって分けたり、肉を分けたりしはじめた。

ソ連兵はポカンと見ていたが、そのうち何人かが「何をしている！」とわめきながら日本兵に近寄りやめさせようとした。しかし、すでに日本兵たちは分配の任務を終えて元の場所に座り食事を再開していたので、ソ連兵たちは何が行われたかを見定めることができず、誰が動いたかもわからないようだった。ただ、永田が指示して何人もが動いたことはわかっていたので、「永田と話がしたい」と責任者のソ連兵が永田の所へやってきた。永田は、ざっと見たところ食料の公平な分配はうまくいったので、内心は〝成功したな〟と思いつつ、「食事が終了したら話に応ずる」と答えてその場はいなした。永田は、まず社会主義理論で自分たちの正当性を主張し、その後に健康問題や収容所内の協力精神、そしてこのやり方の方が効率があがりソ連側も得をするはずだ、という論理で説得しようと考えていた。

翌日の夕方の食堂は、いつものようにごった返していた。

「今日は寒かったし腹が減ったたな」

「オレはノルマを達成したからちゃんともらえるよ、こんなまずい飯でも腹一杯食えれば御の字なんだがな」

「吉田《よしだ》はまたノルマが達成できず減らされるらしいな」――食事時になると、その日のおかずやノルマの不公平さが何度も話題になる。

「おい、電気屋！　お前たちの一日のノルマはどんな程度なんだ」

電気屋と呼ばれた大塚《おおつか》は部隊では最年少の隊員である。自ら志願して入隊したが、聞いていたことと現実の相違に驚き、軍隊組織に少し疑問を感じていた。

「現地の職人たちとミーティングで当日の仕事の割り当てを受けて、ペンチやハンマー、スパナ、タガネなどを借りて電線を通したり、変圧器の取り付け作業なんかをやってますよ。総指揮者はイワン・タラシーリサボイという男でムリなことは言わないし、リョウニャンなどの現地のウズベク人女性との共同作業だから、ノルマも楽な感じで助かってます。リョウニャンは実に気の利く女性で、時々パンや魚の燻製を持ってきてくれたり、先日はマホルカ（タバコ）をくれました。その上、アルミのケースに花の絵の模様と私の名前（一九四六年、同志、大塚）のネームを彫ったタバコ入れまでくれて〝帰国する時、記念に持って行って……〟と言われ、涙が出ましたよ」

実は、大塚は自分の不注意で三三〇ボルトの高圧電気に感電し、八時間近く意識不明になったことがある。その時は、ミッシェルやリョウニャンら若い娘さんらが代わる代わる人工呼吸などの応急処置をして助けてくれたと後で聞いた。収容所や仕事場でちょっとした話題になっていたのである。

「そうか、電気屋の仕事は肉体的には楽なようだし、いいウズベク人に囲まれていいなあ。俺たち土木組は大変だよ。特に穴掘り作業は地獄だぜ。ノルマ達成はほとんどムリだな」

土木の岩佐荘平と一緒に仕事をしている加藤金太郎は、大塚とほぼ同い年の新兵だが、一日一人で三立方メートルの穴掘りを命じられた。幅一メートル、深さ一メートルの溝を一日三メートルの長さまで掘れ、というのだ。時には幅五メートル、深さ五メートル、長さ七メートルという〝地獄掘り〟をやらされたこともある。

「深さ五メートルというと、一番下の人間は三人分の九立方メートルを掘らなきゃならないので、とてもノルマなんか達成できるわけがない。

ただ、この間疲れてシャベルにすがって立っていたら、カチューシャ巻きにスカーフを被《かぶ》った婆さんが側に寄ってきて、〝お前の年はいくつか〟と聞くので〝もうすぐ二一歳だ〟と答えたら、私の息子は独ソ戦で同じ年頃に死んだよ、と言って手提げ袋から黒パンひと塊を出して〝お腹すいているんだろう、これを食べなさい〟と言ってくれた。そして父母はどこかと言うので〝東京にいる〟と言ったら、〝おお、かわいそうに……〟と肩を抱いてくれた。

「もう涙が止まらなかったな」

と、目をうるませた。

加藤は最年少組で元気がよく、人懐っこくなかなかの美男で、ロシア人、ウズベク人ともよく口をきいていたので皆に可愛がられていた。

あちこちでそんな話の輪ができている時に、将校たちはノルマ以下の者や以上の者たちの所に行って、公平に分けるようにと指示を出していた。聞いた者は一瞬、驚いたような顔つきになったが、下士官たちから事情を聞いていたようですぐうなずいた。

そして夕食開始の合図が鳴ると、この日は二〇人以上がぞろぞろと立ち上がって、ノルマに達しなかった者の所へ行ってパンやおかずを分けていったのである。

食事の公平分配に成功する

その光景を見ていたソ連兵たちは、びっくりして何かを叫んでいたが、二、三人が所長のアナポリスキーの所へ飛んで行き、食堂の騒ぎを報告した。

部下とともに食堂に急ぎ足で入ってきたアナポリスキーは「永田隊長はどこにいる！」と大声を出した。

「ここにおります」と言いながら、永田はゆっくり立ち上がり、アナポリスキーの方へ向かった。

永田が近づくと、普段は物静かなアナポリスキーが顔を赤らめて早口でまくしたてた。

「これはどういうことだ。捕虜同士で食料を交換しているというではないか。それは規則違反だ。食事は働いた分に応じて与えることになっていると説明したはずだ。ノルマを達成したらその決まり通りの食事、達成できなかったら未達成の割合に応じて食事の量を減らすし、ノルマ以上にできたら余分にほうびとして多く与える。これがソ連の決まりなのだ。わかっているのか」

いつもは穏やかに見えるアナポリスキーの興奮した声に、食堂内はシーンとなった。事情を知らない者は、何が起きるのかと固唾《かたず》をのんで見守っていた。

「東條《とうじょう》と都丸《みやこまる》、通訳を頼む」と言って、永田はゆっくりと物おじする風もなく喋《しゃべ》り出した。

都丸は帝大出身でロシア語も少しできるうえに、土木作業の班長を務めていたため、ノルマ計算も手伝っていた。

「アナポリスキー閣下、私たちは規則違反は一切行っていません。もちろん閣下の言った決まりも十分に承知しております。いや、大したことじゃありません。ちょっと食事の量が少なくて体力が落ちてきた仲間に、ノルマ以上の働きをして多く食事の量をもらった者が分け与えただけのことです」

別に大したことではない、ということを強調して答えた。わざわざ所長がそんなことを聞いてくるとは驚いた、という素振りさえ演じた。

「何を言っている。しかも一人じゃなく、あちこちで何人も立ち上がって同じようなことをしていたと聞いたが……」

「ええ、まあそうですね」

「そんなに具合の悪い者が多いのか」

「いや、ノルマが果たせず食事の量を減らされると、体が弱っていくんです」

「じゃあ、ノルマをきちんと果たし、通常の量をもらえるようにすればいいことだろう」

アナポリスキーは、永田の目をじっと見つめたうえで断固とした口調で言い切った。

「私は言ったはずだ。ソ連では働きに応じて食事を与える。だからその日のノルマを達成できなかった者の食事の量を減らすし、ノルマ以上に働いた者には決められた量より多く与える。これがソ連の社会主義的平等だと説明したではないか。なのに、みんなパンもおかずも同じ量を食べているようじゃないか。これは規則違反だ」

ついに核心にふれてきた。これは腹を据えて説明し、事によったらやりあわなければいけないな、と永田は覚悟した。永田も相手の目をしっかりと見つめて、ゆっくりと腹に力を入れて喋った。

「ええ、そのことはよく伺いました。ではひとつ質問させて頂きたいのですが、ソ連の社会主義政策では、働いたうえで本人に分け与えられたものは、その本人が自由に処分してもよいんですよね」

「そりゃあ、当たり前だ。いったん個人の所有となったものを、勝手に政府や官僚たちが取り上げ没収するなんていうことはない。社会主義にも自由がある、個人の所有物はどう取り扱ってもあれこれ口出しすることはない」

アナポリスキーは、そう言った途端にハッと気がついたようだ。永田はアナポリスキーの言葉が終わるか終わらないかのうちに、

「それを聞いて安心しました。今日の食事は、ノルマ以上の達成で多くの量を与えられた

兵が、自分の裁量で配分が少なかった兵に自分の分を分け与えたんであります。このラーゲリの社会主義的規則を破ったのではなく、一度ノルマ達成度に従って分配した後、多くもらった兵が少なかった兵に与えたんです。その結果として全員がほぼ同じ量、平等になったわけです」

アナポリスキーは〝してやられた〟という顔つきをしながらソ連兵をそばに呼び、何事かを確かめているようだった。都丸は永田に「本当にノルマ達成度通りに配った後に兵同士で調整したのかと聞いているようです」とささやいた。ソ連兵たちは、永田の言った通りだと報告したようだった。

「君はズルイ、いや賢い男だな。社会主義の理論を理解したうえで、それを逆手にとるなんて……。大したもんだ。まあ、社会主義の理にかなった形でやっていると認めて、今回は君たちのやり方を認めよう」

アナポリスキーは、そう言って永田の肩をポンとたたいて出口に向かって歩きだそうとした。その時、永田はまた声をかけた。

「アナポリスキー閣下、折角なのでお願いがあります。今後も私たちは同じようなやり方で全員平等にパンやおかずを分けるつもりですが、一度ノルマ達成度に従って配分してから、その後に調整するとなると時間がかかりますし、ご飯やスープが冷めてしまいます。最終的な結果は全員平等になるわけですから、最初の配分の時にみんな同量に配るようにすると大いに助かりますし、ソ連側への感謝も強まると思います。どうでしょう、最初から全員平等に配ることを許してくれませんか？」

永田に一目おくアナポリスキー

アナポリスキーは、永田の言葉を聞いて一瞬、「何と図々《ずうずう》しい！」と思ったが、永田の理路整然とした主張と自然体でゆっくりと喋る姿勢、態度にいつしか好感をもっている自分にも気づいていた。〝度胸があり兵隊思いの良い男だ〞と感じ入っていたのである。自分が永田の立場にいたら、同じように振る舞えただろうか。ことさら波風を立てるようなことをしてまで部下のことを考えただろうか。ことなかれ主義に陥って目をつむっていたのではないか、といった思いが頭を駆け巡った。

〝永田は大きな人物だ〞と感じたアナポリスキーは、永田に向き直りやわらかい表情で言った。

「永田サン、了解しました。それにしてもあなたは賢く、度胸があるだけでなく、合理的、理論的に物事を考えられる珍しい人ですね。ひとつ尋ねても良いですか。なぜあなたは、リスクを冒してまでこんなことをやるんですか」

「いやー、私はこの第四収容所の隊長です。ですから皆に日本人として恥じない仕事をやり遂げようと言ってあります。しかし私は同時に、この収容所の隊員がナボイ劇場完成の時には、全員無事に健康な体で日本へ帰国できるように配慮してゆくことも私の最も重要な責任だと思っているからです。私たちの申し出を聞いてくれて感謝します」

そしてもうひと言付け加えた。

「失礼ですが、所長は捕虜たちの労働の実態を知ってますか。仕事の内容によってかなり厳しく、定められたノルマを達成しにくい仕事もあるし、比較的楽な分野もあるんです。我々は航空機修理の技術者や職人を中心とした部隊ですので、技術関係は得意ですが、穴掘りやレンガ運び、レンガ積みなどはあまり慣れていないので、どうしても仕事が遅くなりノルマが果たしにくいんですよ。それに、そうした体力を使う労働は疲れやすく、ケガも多くなる。その分野を割り振られた者はどうしても不利だし大変なんです。だから皆で、せめて仕事終了後の食事の量は公平にしようということを相談したんです」

土木作業やノルマ計算班にいた都丸は、土木作業やレンガ運びの実態を説明した。

都丸の後を継いで、永田はアナポリスキーの顔を真っ直ぐ見つめ、ゆっくりと日本人の物の考え方を説明した。

〝和〟の精神を説く

「日本人が仕事をする時、ヨイショといった掛け声を出すことが多いことに気づかれるでしょう」と言って、日本人の仕事のやり方や仕事に対する精神、哲学などについて話しておこうと思ったのである。アナポリスキーなら、日本的精神の特徴を話せば理解できるだろうと考えたのだ。

ロシア人やウズベク人が、日本人の仕事ぶりを見ていつも不思議がるのは掛け声だった。日本人は重いものを持ち上げたり、動かす時は、たいてい皆で「セーノ」とか「ヨイショ」と声を合わせる。ウズベク人らは「あのセーノとか、ヨイショというのは何のおまじないなのだ」とよく聞いてくるのである。

岩佐らは「何だ、そんなことを不思議に思っているのか」と笑いながら説明してやっていた。

「これはね、日本の〝和〟の精神を表したもので、皆で重いものを持ち上げる時に〝セーノ〟と言ったら、その時に皆が一斉に力を出して持ち上げるんだ。皆がバラバラに力を出して、一つにならないと力が分散してしまうでしょ。〝ヨイショ〟も同じような掛け声だと思ったらよい。時と場合によって〝ゾーリャ〟とか〝一、二の三〟とかいろいろあるんだ。日本人はなるべく皆が一緒に力を合わせてやった方がうまくいくと教えられてきた。それが日本人独特の〝和〟の精神さ」

「〝ワ〟というのか」

「あんた方も、ちょっとその重そうな石を持ち上げてみたら……。二人でバラバラに持ち上げようとしても難しいだろうから、オレがヨイショと言ったら一緒に声をあげ、力を出して持ち上げてみたら全然違うと思うよ」

ウズベク人が石のまわりに集まって持ち上げようとするが、なかなか呼吸が合わず少ししか動かない。そこで岩佐が「いいか、ヨイショと言ったら皆で一斉に声をあげて力を出すんだ。いいか、〝ヨイショ〟」。

ウズベク人も一斉にヨイショと声をあげて力を合わせると石が持ち上がり、みんな〝なるほど〟という顔をし、ニコニコ笑った。

「石だろうと鉄板だろうと何でも同じ。皆が力を合わせるための掛け声、おまじないと思えばいいんだ」

永田はヨイショなどの掛け声を例にとった岩佐とウズベク人のエピソードをあげ、ウズベク人もヨイショ、セーノ、一、二の三などと声をかけあって練習し始めているということも報告した。

「日本では仕事をする時に最も大事なことは〝和〟だと言います」

「ワ？」

アナポリスキーは何を言い出すのかという顔をして永田を見返した。

「〝和〟です。和というのは皆で一つの大きな仕事を完成させる時に、最も大事な協力の精神のことです。皆が助け合い、足りないところを補いあうから、日本では仕事が早くうまくゆくのです。
二、三人の優れた者がいても、オペラハウスの建設のような大仕事はできません。日本人はそのことを知っているので、皆が助け合って仕事を進めているんです。だから本当は食事も平等に分けたいと心の中で思っています。自分だけ楽な仕事にあたってノルマ以上を達成したから沢山食べられるというのは嬉《うれ》しいけれど、他の人に悪いなという気持ちが出てくるんです。だからみんなが平等の食事になった方が気持ちが落ち着くし、明日も皆で協力しようという気になるんです。

これが〝和〟の精神で、この〝和〟のおかげで仕事が順調に進んでいるわけです。大体、みんなで平等に分けるというのは共産主義の理想じゃないですか」

永田の言葉をじっと聞いていたアナポリスキーは、しばらくしてから「永田サンの言うことはわかった。その方が仕事がうまくいき、日本人たちも納得するなら今後の食事配分だけは認めるとしよう」と言い切った。

永田も将校たちも自分たちの考えたやり方が成功して自然に笑みがもれ、うなずきあった。永田は、アナポリスキーの目をじっと見ながら右手を差し出し握手を求めた。アナポリスキーも永田の言ったことを理解し手を差し出してきた。二人が互いに人物を認め合い、気持ちが通じ合った瞬間でもあった。

「あなたは仕事に対しても真面目に取り組んでいるようだし、部下に対して優しく統率していることがよくわかった。あなたは立派なリーダーだ。日本人の協力の精神の源や仕事のやり方、生き方も知ることができて大変参考になった。ありがとう」

アナポリスキーは素直にそう言って強く手を握り返してきた。

二人のやりとりを固唾をのんで見守っていたソ連兵や日本人捕虜たちの間に、フーッと吐く息がもれ、部屋の空気がゆるんだ。と同時に、後ろの方で手をたたく音が聞こえると、日本兵たちはみんな拍手で和した。永田の勇気とソ連側を論理、説得でやり込めた堂々たる態度を見て、久しぶりに溜飲《りゅういん》を下げた思いがあったのである。

「いやー、永田隊長は物静かな技術の人だと思っていましたが、腹が据わっていますね。もしソ連側がヘソを曲げたら永田隊長もタダではすまなかったでしょう」

「私も同じ思いをもちました。ソ連の社会主義の理屈を利用してアナポリスキーを説得し始めた時は、相手がどう出るか、とヒヤヒヤしましたよ。でも隊長は、あんな社会主義の考え方をよく知っていましたね」

兵隊たちの会話を聞いていた少尉の渡辺は、改めて永田の沈着な判断と、それに基づいて実行する気持ちの強さに驚いていた。「この人と一緒の捕虜生活で良かった。永田隊長についていて行けば必ず道が開けて日本へ帰れるだろう」と確信めいたものを感じた。

「永田隊長は静かな人だが、いつもお前たちが全員健康で無事に帰れるにはどうしたら一番良いかを考えている方だ。私はいつも身近で見て肌で感じているからよくわかる」

渡辺は兵隊たちをさとしながら、自分もつい先ほどの光景を思い出して胸を熱くした。

第四章　誇れる仕事

増援部隊の面々

一九四六年になると、第四収容所《ラーゲリ》の人間が急に増え出してにぎやかになってきた。ロシア革命三〇周年の一九四七年十一月までに何とか劇場を完成させるには、これまでの人数では足りないとみたのだろう。ウズベキスタン各地の収容所から、建設に向いているとみられた人間が次々と送られてきた。

若松律衛《わかまつりつえ》（少尉）は、年明けの前の四五年十二月二十四日に突然呼び出された。タシケントの第二収容所に入って一ヵ月ほどが経ったばかりだ。第二収容所は電線工場に付属しており、もっぱらケーブルづくりをやらされていた。それがいきなり、「荷物をまとめてすぐ来い」と命令されたのだ。

「今夜はクリスマス・イブだろ。なんでこんな日に……。社会主義にはクリスマスや宗教は関係ないか」

と思いつつも、やはり不安がつのった。

荷物をまとめて事務所に行くと「ここを出て第四収容所へ行く」と告げられた。剣付き鉄砲を持った兵隊が〝いつでも刺すぞ〟という構えで、歩きだすよう指示した。呼ばれたのは、若松と二等兵の二人だけだった。

二キロぐらい歩くと住宅街に入った。驚いたことに、あちこちの家にクリスマスの飾り付けがある。ウズベキスタンの主要な宗教はイスラムだと聞いていたが、思ったほど、宗教などへの締め付けがないのかな、と感じホッとした気分になった。二時間ほど歩くと収容所が見えた。季節はもう真冬で、おそらく気温は氷点下になっていると思われたが、かなりの早足で歩いてきたせいか体は温かかった。二人を送り届けた兵士は、事務所で書類にサインを済ますと剣をはずし、銃を肩に掛けて休みもせずに戻っていく。

まもなく日本《にほん》人の日直士官がやってきて、こう告げた。

「ご苦労様であります。ここは永田《ながた》隊を中心とする部隊の者がいる第四ラーゲリで、すぐ目の前の場所で国立のオペラハウスを建設する役目を担っています。多分、ここ数日中にまだ一〇〇人以上の人たちがやってくるようなので、それから仕事の分担などを割り当てることになると思います。今日はとにかくゆっくりお休み下さい」

実際、年末から一月にかけて、毎日のように二人、三人と転入が続いた。それが三月になると、熊本基雄《くまもともとお》少尉が率いる四二人をはじめ山辺正《やまべただし》少尉の部隊二六人、さらに江口栄一《えぐちえいいち》見習《みならい》士官の部隊、市川次雄《いちかわつぐお》曹長らの部隊なども加わり、八月までに二一七人が第四収容所に入り、合計四五七人に及んだ。転入組は第二、第八収容所から来た兵隊が多く、やはり航空部隊から回された兵隊が多かった。

「世界に引けをとらない建築物を作るんだ」

数日すると、若松ら転入組は工事管理事務所に呼ばれ、電気や機械、建築など、専門経歴のことを聞かれた。若松は見慣れない設計図を示され「何の図面と思うか」と聞かれた。若松はちょっと考えてから通訳を通じて「一五〇立方メートルの容量をもつ鉄筋コンクリート製の地下埋設型受水槽の断面図ではないか」と答えた。すると、相手は満足げな顔をして若松をソ連《れん》側技師長のＮ・ブルツェフの所へ連れて行った。

ブルツェフは日本人の間では「ブル、ブル」と呼ばれていた。ブルは、ソ連側総監督の意向を日本側の兵隊に伝えるので、工事を順調に実施して欲しいと若松に告げた。日本人部隊はこれまで二四〇人が二〇種類ぐらいの作業班に分かれていた。しかし人数が足りないせいか、仕事は進捗《しんちょく》していなかった。そこで他の収容所から工兵に適すると見た人物を第四収容所に投入していたのだ。新しく入所した兵隊たちも各班に割り振られた。若松が建築の図面を読めると判断したためか、ソ連側は工事全般の日本側総監督をやって欲しいと要請した。

　若松は「困ったな」と思い、中隊長の永田の所へ出向いて報告した。

「ブルツェフが私に〝ソ連側の総監督の意向を伝えるので私に日本側の総監督をやってくれ〟と言うんです。しかし、私はここへ来てまだ一週間ぐらいしか経っておらず、この建設現場の状況もよくわかっておりません。それと、何より二〇〇人を超える作業隊など監督した経験がないので無理であります」

　永田は黙って聞いていたが、小柄な若松の話が終わってしばらくすると、

「私は、建築は中学時代にやっただけだ。あなたは日本大学の建築学科を出て現場経験を多少なりとも積んでこられたでしょう。この部隊の中で全体を見て監督できる人は、やはりあなたしかいない。私も協力できると思うのでお互いに協力しあってやろう」

　と若松の手を握った。永田は若松の話し方や態度を見ていて、体は小さいが誠実そうなこの男なら総監督を務められる、と直感したのだ。

　若松は、裏表がなく信頼できそうな永田隊長が、参加したばかりの自分にそこまで託すというのはそれなりの事情があるのだろうと悟った。永田によると、作業班は大工や職人だった者が大部分なので、割り当てられた仕事はきちんとこなせる能力をもっている。そ

れぞれの進捗状況を見ながら劇場建設全体の流れをつかみ、遅れている分野には人を補充したりして、とにかく四七年秋の期限までに完成するよう、全体の段取りを調整して欲しいのだという。

「我々はソ連の捕虜ではあるが、このナボイ劇場は完成するとモスクワ、レニングラードにあるオペラハウスと並ぶソ連の代表的劇場になるものと聞いている。ソ連人の設計によるもので、全体の統括はソ連人将校たちが行うが、実際の仕事は我々日本人と地元のウズベク人でやっている。

むろん、手抜きをしたり、いい加減なやり方で恰好《かっこう》をつけた建物にすることもできると思うが、私はソ連の歴史に残るオペラハウスとなる以上、日本人の誇りと意地にかけても最良のものを作りたいと思っている。

捕虜としてやるのだから別にそこまで力を入れなくても良いだろう、という意見もあるだろう。しかし私の気持ちとしては、後の世に笑われるような建築物にはしたくないと考えている。さすが日本人たちの建設したものは〝出来が違う〟といわれるものにしたい、と本気で思っている。

もちろん、そんな日本人の思いがこの建築に込められていることなど、後の世の人には多分ほとんど知られないだろう。ただ、捕虜になって多くの兵隊は生きる張りを失い、先も見えず精神的に弱っている者も見かける。そんな時だけに、自分たちがこれまでに培った技術、技能で世界に引けをとらない建築物を作るんだという一点を、生きる気力の糧にしてくれたらと願っている。私個人の間違った考えかもしれないが、私の気持ちだけを伝えておきたいと思う」

永田は最後に一語一語、ゆっくり一気に喋《しゃべ》った。

若松は永田の言葉を聞いて、無性に胸が熱くなった。この永田という人物は、これまでの軍隊生活の中で会ってきた人々とは違うなと感じたのだ。自分にできるか、できないかは未知数だが、とにかく〝この人と協力して歴史に残るような建築物を作るよう全力を尽くそう〟と決心し、迷いが吹き飛んだ。それまでは、途中からこの収容所に入所し、監督などを務めたら、仲間うちから〝ソ連側によく思われたくて協力しているのだろう〟などと見られるに違いないと思っていたりしたのだ。

「わかりました。今のお話を聞いて迷いが吹っ切れました」

若松はこれまでにできている土台や部分的に立ち上がっている柱、小部屋などのこと、設計図全体から見た劇場の完成時の状況を興奮気味に話した。

「ナボイ劇場は総床面積一万五〇〇〇平方メートル、観客席が約一四〇〇の三階建てオペラハウスです。レンガ作りですね。

ただ外観は洋風ですが、内装は中央アジア式で特に控えの間である〝サマルカンド〟〝ブハラ〟の部屋などは美しいウズベキスタン特有の幾何学模様を施すよう指示されています。

また休憩ロビーはタシケント、ホラズム、ブハラ、フェルガナ、テルメズの各地方スタイルによるレリーフをつくるよう命じられています。図面を見ているだけでも、壮麗な全容が目に浮かびます」

永田も写真などで見たことのあるソ連の劇場やパリ、ローマなどのオペラハウスの佇《たたず》まいを思い浮かべて、「完成するとあんな建物になるのだろうか」と、日本人の建設に改めて胸が高鳴る気持ちを覚えた。

密かに敬愛された人物

「捕虜の身ではありますが、若くしてこのような歴史的な建築に携われることは本当に幸運だと思います。それと、今の永田隊長のお話を聞いて、立派な建築を行う使命感が湧いてきました。私の捕虜生活に息を吹き込まれた思いがしました」

若松は大正一二年（一九二三年）三月に秋田《あきた》県鹿角《かづの》郡尾去沢《おさりざわ》村に生まれた。秋田県北の鉱山町である。父親は洋服の仕立てを生計としていた。律衛が尋常小学校を卒業して間もなく、尾去沢村でダムの決壊事故が起こり、その改修工事に関西《かんさい》の銭高組《ぜにたかぐみ》の人々が来ていた。その銭高組の人が若松の家へ洋服をつくりに来ており、律衛の賢そうな顔を見て「東京へ行って学校で学べ」と律衛や親たちに説いた。両親らが「いや、東京の学校へ行って暮らすのは金銭的にムリ」と返すと「夜学に入ればやっていける」と言われ、考え直したという。

こうして昭和一三年（一九三八年）、一五歳の時に上京。日本大学工業学校建築科に入り、四年間を専門部で必死に学んだのだ。二〇歳になると召集を受け、満州《まんしゅう》の関東《かんとう》軍経理部工務課に配属された。

「経理部工務課には建築や土木、機械、電気などを学んできた日本中の工学部の優秀な学生ばかりが集まっていて、皆に何でも聞けたから学校以上に勉強になりました。その後、関東軍通信隊に移り、通信員として無線などを担当していましたが、敗戦となり奉天《ほうてん》で三、四ヵ月捕虜として働かされました。そのうち貨車に乗れと言われ、シベリア送りかなと覚悟していたところ、西へ西へと送られ、着いたところがタシケントだったのであります。初めは第二ラーゲリの電線工場へ連れていかれたのですが、一ヵ月位してから〝お前らは建築と電気が専門なのか〟と言われ、十二月末に第四ラーゲリに来たわけです」

若松は自分の生い立ちとこれまでの経歴を永田の前で簡単に話した。永田と信頼関係を結ぶのなら、自分のことを述べておいた方が良いだろうと思ったのだ。さらに、自分は建築家になろうと志を立てていたから、建築物を破壊し尽くしてしまう戦争は好きではない、ただ戦争反対を公言すると生きてゆけないのでなるべく目立たないよう軍隊生活を送ってきたことまで告白した。そんな自分の身の上や心情を、これまで誰にも話したことはなかったが、永田には機微にふれることを多少述べてもわかってくれるだろうという信頼感を持つことができていた。

若松の率直な話を聞き、永田も自らのことを打ち明けた。

「そうか、若松のことはよくわかったし、よく話してくれた。

自分は大正一〇年（一九二一年）五月生まれで姉と妹がいる。父は東京《とうきよう》帝大法学部を出たが、自分が五歳の時に亡くなった。自分自身は横浜《よこはま》の小学校を出た後、県立の工業中学に進み、建築と航空を学んで横浜高等工業学校（現横浜国立大学）で三年間航空工学を学んでいる時、三ヵ月の繰り上げ卒業で二一歳の時に召集された。召集されてから、航空を学んでいたせいか、立川《たちかわ》の航空技術学校に行き、そこで東京帝大や名古屋《なごや》帝大、大阪《おおさか》帝大などの学卒と一緒になり、さらに航空工学を勉強した。

その後、満州の野戦航空の修理廠《しょう》に配属され、航空機の整備と修理の作業隊長となった。敗戦後は奉天の近くで一〇〇〇人単位の大隊に編成され、自分は第二八大隊の中の第一中隊隊長となった。第二八大隊は九月に貨車に乗せられ移動することになったが、少佐以上は皇姑屯《こうことん》という駅で別々にされ、自分が中隊の指揮を執ることになってしまったわけだ。

自分はテニスが好きで学生時代はスポーツに明け暮れていたが、文学や哲学、古典、万葉集《まんようしゅう》も好きでよく読んでいたし、歌も詩も作っていたので変な航空学徒だったんだろう」

永田はしばらく若松と話しただけで、〝この人は誠実だし、人に好かれ、人を引っ張りまとめていく力がある〟と確信し、背中を押した。

若松律衛少尉ほど、この後収容所の中でみんなから密《ひそ》かに敬愛された人物は少ないだろう。秋田弁丸出しの小柄な人懐っこい顔立ちだ。ソ連側から、図面を読んで図面通りに工事を仕上げてゆく総括的な元締め役に指名されたため、先にも述べたように当初は困惑していたが、半年もすると、若松は日本人やロシア人、ウズベク人から好かれ、慕われるようになった。

片言のロシア語も喋れるようになったこともあって、ロシア人の現場監督らはほとんどの仕事を若松の指揮に任せるようになった。ソ連側で解決のつかない困ったことが起こると若松に知恵を借りに来て、実際に動いて欲しいと頼むことも少なくなかった。

若松をソ連も頼りにした

ある時、ソ連側の監督が思いつめたような顔つきで若松を呼び止めた。すまなそうな顔つきで「相談にのって欲しい」と言うので「できることなら手助けする」と答えると、こう言った。

「実は恥ずかしいのだが、鉄製の直径一メートル、長さ三メートルぐらいのタンクを屋根裏の高架水槽として使う予定になっていたが、初期段階の壁体工事前にタンクを上に上げておくべきだったのに、屋根工事や壁体工事の完成間近になってから、まだ上に上げていないことに気がついたのだ。完全にロシア人たちが手順を間違えてしまったのだが、どうも我々の知恵では今からタンクを屋根裏に上げて高架水槽として使うにはどうしたらよいかわからず、途方に暮れている」

「それはどこにあるタンクですか。我々日本人が関わっている仕事の中には、そんな重い鉄製タンクを屋根裏に置いて高架水槽に使うような計画はなかったし、設計図で見た記憶もないが……」

「いや……。実はウズベキスタン地区の共産党の書記長が利用する別荘（ダーチャ）の別棟を作っている現場近くなのだ」

　要するに、劇場建設の仕事ではなく、ロシア人幹部の別荘の仕事だった。おおっぴらに頼みにくい事情があったのだ。

「うーん、話だけではわからないのでまず現場を見て、日本人のとび職経験者などと相談してから明日返事をしたい」

　若松は裏事情を知って、ちょっと困ったような顔をしたが「ここで貸しをつくっておくのも損はないだろう」と思い、しぶしぶ返答した。

　翌日現場へ行くと、幸い鉄筋を巻き取るウインチやコイル状の鉄筋もあるので、何とかやれるだろうという結論になった。ただ建築中の建物は貯水池から五メートルくらいの高台にあり、屋根までの落差は一〇メートル近くあった。そこで、まず高台までは丸太を敷いて植樹された木々を傷めないよう引っ張り上げる。それから四〇度くらいの角度で足場を組み、タンクの胴に鉄筋を二重に巻いてウインチで巻き取る方法をとることになった。問題は、ワイヤー代わりに使う鉄筋が巻き取り強度に耐えられるかどうかだった。

若松は失敗したらタンクとともに心中か、と思いながら、自らが先頭に立ってタンクに付きながら足場をよじ登っていった。

「日本人はいろいろ知恵を出して工夫するもんだな」

「一つ間違えたら命を落とすかもしれないのに、勇気もある」

ロシア人たちは感心したようにつぶやいた。

ロシア人たちは、作業の間中、青い顔をして無言で作業を見守っている。しかし作業は思ったほど危ない場面もなく、三〇分弱で水槽架台に据え付けることができた。日本人の知恵と細心の注意、技が計約一時間で仕事を完成させたのである。事の成り行きを固唾《かたず》をのんで見守っていたロシア人たちと監督は、据え付けが無事に終わったと見た途端、ウワーッと歓声をあげ、拍手が鳴り響いた。

若松が屋根から下りてくると、ロシア人監督は無言のまま手を握り、そして肩を抱いた。

「スパシーバ、スパシーバ（ありがとう、ありがとう）……」を何度も繰り返し、ようやく安堵《あんど》した顔つきを見せた。

「ところで約束を守ってくれるんでしょうね」と若松はニヤリと笑いながら「仕事を成功させたら、日本人にリンゴやブドウなどの果物をどっさりとくれると言いましたよね」と冗談まじりに念を押した。

するとロシア人監督は「もう用意してある」と笑った。約束の果物などは、ソ連兵から収容所に届けられ、皆で分け合った。久しぶりのうまい果物に兵隊たちは大喜びだった。

若松が数日後、ロシア人監督に礼を述べると、彼は「ちょっと待ってくれ」と言って管理事務所の管理長を連れてきた。

「あなたがあの水槽据え付けの工事を成功させた若松か。あなたたちの知恵と技術で水槽が無事に据え付けられたことに感謝しています。今ウズベク・ソビエト社会主義《しゃかいしゅぎ》共和国《きょうわこく》の官房長官が来ていて、あなたに会いたいと言っている。ちょっと事務所の応接室まで来てくれないだろうか」

と管理長の大尉は言った。

若松は驚いた。毎日収容所と建築現場を往来し、常に監視される生活に慣れてどこへも行ったことがなかった。違う場所に来てくれと言われたことは初めてだったし、共和国の官房長官と面会するなどということは、普通ではあり得ない。驚いて躊躇《ちゅうちょ》している若松を見て「とにかく私と一緒に来て欲しい」と大尉は長官のいる部屋に案内した。

長官が日本人とそっくりなので、またもびっくりしていると、長官は自ら「私は中国系《ちゅうごく》のウズベク人だ。だから顔つきもあなた方日本人と似ているんです」と、親しみを込めた挨拶《あいさつ》をした後「今夜はここでゆっくり食事をし、ぜひダーチャ（別荘）に泊まっていって欲しい」とまたもびっくりすることを申し出た。

捕虜の身で外泊することなど許されるはずがないと述べると「私から関係先にきちんと許可をとらせるから大丈夫だ」と自信たっぷりに言い、懸念に及ばないことを請け合った。さすがソ連は官僚のタテ割り社会で、上が命令を下せば何でも通るのかと、若松はソ連社会の権力機構を改めて見た思いがした。

食事は大尉はじめ数人を交え、酒も入って深夜まで続いた。酒を口にするなど何年振りかと思った。若松の話でロシア人たちを驚かせたのは、日本はアメリカとどの位の期間戦って敗れたのだと聞かれた際に、「三年八ヵ月だ」と答えた時だ。

「ソ連にはすぐに降伏したのに、ソ連以上に豊かな大国であるアメリカと三年八ヵ月も戦っていたというんですか。正確なことを教えて欲しい」

「日本は一九四一年の十二月八日にハワイの真珠湾《しんじゅわん》を攻撃して開戦しましたが、その後太《たい》平洋《へいよう》諸島や日本本土の沖縄《おきなわ》でも戦いが行われ、四五年八月十五日に降伏したんです。食糧や弾薬、兵器の補給ができなくなり、太平洋諸島や東南《とうなん》アジアの基地が次々に孤立し、アメリカの物量作戦にかなわなかったんですね。

ソ連が日本と開戦したのは、もはや日本に戦争する力が残っていなかった四五年の八月でした。だからすぐに降伏したんです。でも実際は四五年の八月に入ると、ソ連と戦闘に入る前から、すでに日本政府は敗戦受け入れの準備をしていたようです」

しかしロシア人たちは、若松の答えになかなか納得せず、日本人の着ている軍服は日本製なのかといったことから、日本の戦闘機ゼロ戦のこと、昔のバルチック艦隊との海戦の裏話、日本人の庶民の生活スタイルや様子などをいろいろと興味深げに聞いてきた。

若松はひとつひとつに細かく答えたが、ロシア人たちはなかなか納得できないようだった。ソ連の方が科学技術や生活状態などは進んでいると思い込んでいたからだ。ただ、長官たちとの食事、もてなしは若松の収容所生活の中で忘れられない一夜となった。

ダモイ第一選抜を断る

小柄だが明るく好奇心旺盛《おうせい》で、当時としては珍しく誰にでも心を開いて話しかける若松は、ソ連兵やソ連将校にとっても魅力的な人物に映った。

そんな若松の人柄と陰日向《かげひなた》なく仕事に率先する姿が影響したのか、四六年暮れになると、若松に帰国の話が伝えられた。皆が夢見ているダモイ（帰国）の第一選抜に若松ら数人が選ばれたことを、ソ連将校が事前に教えてくれたのである。ソ連側は作業成績の優秀な者を各収容所から選んで帰国させ、残る捕虜たちの作業士気を鼓舞しようとしているようにみてとれた。

若松には嬉《うれ》しい待ちに待った帰国の許可だ。しかし、ダモイを告げられると、やや複雑な思いが残った。それは、建築技術者としてナボイ劇場の完成に全力をかけてきたのに、最後を見届けず現場を去ることが残念に思えたのである。第一選抜に選ばれたということは、必ず近い将来にまた帰国のチャンスがくるはずだ、自分はまだ独身で若いし、体力もある。よし、帰国は何としてもこの劇場の完成を見てからにしようと決意し、その思いを永田に伝えた。ただ、代わりに体が弱っている人が二人いるのでその人たちを先に帰してやって欲しい、と永田から収容所の所長に依頼するよう願い出たのである。

「本当にそれでよいのか。帰国のチャンスが再びすぐにくるとは限らないぞ」

永田は驚いて念を押した。その上で、

「劇場の完成を見届けたいという気持ちは、これまでのあなたの仕事ぶりを見ていればよくわかる。あなたの決心は固そうだから頼んでみることを約束する。ただ二人に譲ったということが他の隊員に知れると問題になるかもしれないので内密にしておいて欲しい」

という申し合わせに同意してくれるなら、と条件をつけた。

若松にはむろん異存はなかった。こうして若松の帰国は延期となり、若松が名前をあげた捕虜二人が先に帰国の途についた。

転落事故死

「大変です、大変です。永尾清《ながおきよし》さんが劇場正面の高所で作業中に落下し、血だらけになってます」

近くで働いていた隊員が将校室に駆けつけてきた。一九四七年七月の初め。もう気候は夏で、外に出ると日陰でないところはジリジリと太陽が肌を焼くような感じの日だった。

「永尾さんとは、あの今井《いまい》サーカスに所属する永尾のことか」

と渡辺豊《わたなべゆたか》技術少尉が質《ただ》す。今井サーカスというのは高所作業などを主に受け持っているグループで、とびの名人級といわれた今井一夫《かずお》が、高い足場板の上を自由自在に歩きまわっていたので、皆から〝今井サーカス〟の尊称を奉られていた。

渡辺が事故現場に駆けつけてみると、床は血の海となっており、永尾の頭が割れたようになっていた。すでに事切れていることは明らかだった。劇場正面の入り口の車寄せから階段を上ると空間があり、その屋上にはミナレット風の四基の塔がある。天井部分は唐草模様が彫刻された石膏《せっこう》板がはめ込んである。ほとんどは手先が器用な日本人の捕虜の作品である。

同じ班で、やはり上で仕事をしていた隊員たちも事故を直接見た者はいなかったようだった。それでも渡辺は同僚たちから事故の事情を聞き取った。

「上で一緒に仕事をしていたんですが、下の騒ぎで転落事故を知りました」

「誰か最初から最後まで事故を自分の目で見ていた者はいないのか」と渡辺。

「全てではありませんが、あっという大きな声がしたので、上を見上げると人が落ちてきたんです。足場の柱に二、三回ぶつかり、気がついたら床にうつ伏せとなりました。すぐ仰向《あおむ》けにしたんですが、額の両側に赤黒い血の塊のような瘤《こぶ》が二つほどあり、まったく身動きもせず、声もありませんでした」

近くの地上で仕事をしていた仲間の吉田一《よしだはじめ》が、震え声で見えた様子を説明した。

渡辺が上を見上げると、三階の天井位置と見られるところに足場用の四角の板があった。

「どんな仕事をしていた時なんだ？」

「私が下の玄関入り口でセメントをこねてバケツに入れ、それを滑車で上へ上げていました。それを三階の天井の位置で渡部大平《わたべたいへい》さんが受け取って一五キログラムの型の上に載せて永尾さんに渡すと、永尾さんが天井と柱の間に一五キログラムの型を押し付けるという役割でした。天井はアーチ型などで丸く、足場板は四角なのでどうしても四隅に隙間があるんです。

いつもその隙間に気を付けていたんですが、多分バランスを崩して……倒れてしまったんだと思います。一瞬の出来事でしたし、私も最初から見ていたわけじゃないので……」

ショックで途切れ途切れに説明するのがやっとという状況のようだった。吉田の顔は真っ青で、いまだに目の前で起きたことが信じられないという表情である。

「永尾とはつきあいが長かったのか」

「ええ、湯崗子《とうこうし》から一緒でしたから、しょっちゅう話していました。私は関東ですが、永尾さんは関西人でしたので、よく食べ物の話などで勘違いや誤解があって笑いあったりしていたんです」

吉田は永田と渡辺の部屋に来てからも、永尾との思い出をポツリポツリと口にした。永尾は「まむし丼」が大好きだというので、関西では蝮《まむし》を食べるのかと驚いていたら、関東の「うな丼」だったという話。「朝食は納豆が一番好きだ」と言ったら「えっ、ご飯のおかずに納豆を食べるの」と永尾が不思議そうな顔をするので、また誤解しているなと関東納豆のことを説明したら「へえー、関西では食べないんじゃないかな」と言い、初めは甘納豆をおかずにするのかと勘違いしていた――などといったことを口にした。

「そうそう、それと永尾さんの所には一週間ぐらい前、実家から葉書が届いたらしいんです。一年ぐらい前に実家へ無事に生きていることを知らせたらしいんですが、なかなか返事がなくて〝自分の手紙は親の所に届いたのかなあ〟としばらく気にしていたんですが、一週間ほど前に親から手紙がきたと大喜びしていたんですよ。『お前も読んでみろ』と言われて読みました。内容は、終戦後パッタリ連絡が途絶え、どこにいるのか、生きて元気でいるのか心配して、毎日仏様にお祈りして無事に帰国できるようお願いしていた。そこへ今回手紙をもらい安心した。一日も早く帰国できますようにと祈っています、というものでした。葉書は細かい字でびっしり家族の様子と寄せ書きなど書き込んであり、永尾さんはいつもその葉書をポケットに入れて大事にしていました。とにかく元気に帰って早く親を安心させたいと言ってましたから。私も口惜《くや》しくて、残念で……」

吉田は手紙のことを思い出してまたホロリとしていた。永尾は童顔でいつも石膏の粉をつけて『熱海《あたみ》ブルース』や『お夏清十郎《なつせいじゅうろう》』などを口ずさんでいたから、周囲のウズベク人にも人気があった。遺体は即死と見たためか、監視兵が早々と現場から運び去った。しかし落下現場には、しばらくするとウズベクの女性が花を置いて追悼してくれていた。翌日になると、同じ場所に無数の花が飾られており、永尾がウズベク人に親しまれていたことをうかがわせたのである。

手紙は「捕虜用郵便」と呼ばれていた。実は、収容所長から手紙を出す許可が出た際に、収容所内では出すべきか、出さざるべきかで意見が割れた。陸軍の戦陣訓に〝生きて虜囚の辱めを受けず〟とあり、捕虜になることは最大の恥辱と教えられてきたからだ。

しかし「戦争終了後に捕虜になったのだから、せめて生きていることだけは家族に知らせたい」という声も多く、結局、各人の意思に任された。

岩佐荘平《いわさそうへい》は「元気でいるので心配しないでください」と書いた後、

ほろほろと　鳴く山鳥の声きかば　異国にありて　父母ぞ恋しき

と短く認《したた》めた。すると半年後に、父母、兄、姉、妹、家族全員から返信が届いた。皆、葉書一枚にびっしりと書き込んでいた。母親からは「毎日、おまえの夢をみて泣いている」とあった。

岩佐は胸のポケットに葉書をしまい、毎日読んだ。

このような葉書や手紙は仲間同士で見せあい、読みあうことで、互いに親密になったという。

二人の追悼式

永尾の前にも事故で亡くなった人がもう一人いた。一九四六年十二月に列車にひかれた野村浅一《のむらあさいち》である。

野村らは、その日ソ連将校の家に〝使役〟として呼ばれていた。ソ連の将校が日本人捕虜を私用のための労働力として利用することは原則として禁止されていた。多くの将校はそうした違反行為を慎んでいるが、中にはこっそりと日本の下士官などに依頼して、私的労働を頼んでくることがあった。

たいていは電気関係の配線、大工仕事、庭の手入れ、家の修理といったことが多く、器用な日本人の仕事ぶりを見ているうちに密かに頼みにくるのだ。大体、様々な仕事がたまった時にやってくるので、日本人下士官が引き受ける時は、部下を数人から一〇人ほど連れて将校の家に出かける。

将校が上官から「日本人に使役を頼んだ者はいるか」と聞かれれば、ソ連将校は規則では違反になるので「おりません」と言うに決まっている。いくら日本人が「よく使役を頼まれます」と抗弁しても水掛け論になってしまい、決して日本人が得することはない。ならば休日の半日をつぶしてカオを売ってノルマ達成を大目に見てくれるならいいだろう、と取り引きに応ずることもままあるのだ。将校によっては、わずかながらもアルバイト料を出すこともあった。

その日は雪の降っていた日で、仕事を終えた夕方以降は雪の量も増え、帰り道は暗さと雪であたりが見えにくい状況になっていた。そこで皆は声をかけ合いながら収容所への道を急いでいたのだが、視界が悪く、さらに雪よけのフードをかぶっていたので周囲の音も、掛け声もほとんど聞こえなかった。

その時、誰かが「後ろから汽車が来るぞ」と叫んだ。みんなは雪のかぶさった線路の上を歩いていたことに気づき、次々と線路脇へ体を投げ出して汽車を避けたが、一番前を歩いていた野村は汽車が近寄ってくる音も、皆の叫び声もフードなどに遮られてほとんど聞こえなかったようだ。気がついた時は遅く、足をひかれ、出血多量でほぼ即死だった。

永田は永尾の転落死の報告を受けると、夜になってから隊員たちを食堂に集めて追悼式を行った。

「すでに諸君も知っていると思うが、高所作業に従事していた永尾清君が劇場玄関前の高所で仕事中に多分体のバランスを崩し、下に転落し亡くなってしまった。冬には列車事故で野村浅一君を失い二人が逝去されたことになる」

永田が一呼吸おくと、まだ知らない者もいたようで情報があっという間に伝わっていった。

「私は、この収容所の責任者になってから一番に大切なことは、全員が健康で無事に日本に帰国し、家族に会い故郷に戻ることだと思い念じてきた。今日、二人目の犠牲者が出てしまったことはご家族の皆さんに申し訳なく、残念至極の気持ちでいっぱいだ。しかも永尾君のところには、つい最近親御さんから葉書が届き、生きていることを知ってこんな嬉しいことはなかったと書いてあったそうだ。永尾君も一年経ってようやく連絡できたと大喜びだったらしい。

諸君も毎日見ているからわかる通り、このナボイ劇場の完成も日一日と近づいており、日本人として誇りのもてる建築物を作ってきたと自負している。どうか、もう少しの間頑張って、元気でいて欲しい。仕事中は気を引き締めて細心の注意をもってあたって欲しい。決して気を緩めず、皆と協力してお互いに注意しあって欲しい。

多分帰国の日は近いと思う。ここでもう一度二人の御魂《みたま》に祈りをささげよう。また、一緒に働いていたウズベク人の何人かが、永尾君の亡くなった劇場玄関の所に花を置いてくれたそうだ。どうか明日、近くを通ったら手を合わせてやって欲しい。そしてウズベク人にも礼を言ってくれればと思う。今夜は二人のことを思い出して、語ってやってくれたらありがたい」

永田の話を聞いていた吉田一ら今井サーカスの隊員らがそっと頭を下げ、涙をぬぐう者もいた。渡辺は改めて永田を見直す思いだった。四〇〇人を超す捕虜収容所の中で仲間の、しかも一兵卒の追悼式を行う収容所が他所《よそ》にあるだろうか。永田を支え続けて良かったと胸が熱くなり、個人的感情も高ぶってきた。

第五章　秘密情報員と疑われた永田

合唱団結成へ

「シーッ」

仕事の手を止めて曹長の武田《たけだ》信一《しんいち》は、人差し指を口にあて、仲間に静かにするよう身ぶりで示した。耳を手でかこい、音がする方向に聞き耳をたてた。仲間にも〝聞いてみろ〟とうながす。すると、男の歌声が聞こえてきた。歌い手たちが近づいてきたのか、歌詞もはっきりと聞こえる。

カリンカ　カリンカ　カリンカ　マヤ
庭にはいちご　私のマリンカ　エイ
カリンカ　カリンカ　カリンカ　マヤ

ロシア語の男声の四重唱、いや五、六重唱といった見事な合唱だった。

「いやー、実にうまいなあ。ソ連《れん》の部隊に所属する合唱団の連中か、慰問団の合唱隊だろう」

誰いうともなく合唱の主たちを想像してささやいていると、曹長の武田は、

「いや違う、あれは普通の兵隊たちだ。前にも歩きながら数人が歌っているのを聞いたことがある。奴らはぶきっちょで、すぐ威張るが歌はみんなうまいし、好きらしい。何人か集まるとすぐ合唱を始め、しかもハモるんだ。独特の才能があるようだな」

「ほかにもいろんな歌を歌ってましたか」

「ああ、我々がよく知っている『ヴォルガの舟歌』や『ともしび』『ステンカラージン』などをよく歌っている。時には『インターナショナル』などの革命歌もあったような気がする。どれもつい聞き惚《ほ》れるほどハーモニーが素晴らしい。あれは日本人《にほん》にはちょっと真似ができないという感じだった。生まれつき、歌と声に独特の資質がある人間が多いんじゃないかという気がするね」

「いや、わが部隊の中にも歌のうまい人がかなりいる。どうだろう、日本の部隊にも合唱団をつくって歌合戦をもちかけてみたら……」

「いやー、歌合戦をやってもまず勝てないだろう。でもお互いに合唱を披露する話なら敵さんも結構のってくるかもしれないな。日本側に歌の好きな人はどのぐらいいるかなあ」

武田が聞くと、周囲からいろいろな名前があがった。

「相場一郎や小田川隆は音楽好きだよ。たしか小田川はバイオリンが弾けると言ってたはずだ。それと内堀清も楽器ができる」

「よその部隊には歌のうまい連中が何人もいますよ。一緒に仕事していると、よく歌っていいます。たとえば今仲敏夫、清水善博、小林龍、岩佐荘平《いわきそうへい》、吉田一《よしだはじめ》などは、誘えば喜んで参加するんじゃないですか」

と次々に名前が出た。

「落語のうまい山本義己や旅役者だったとかいう落合政治なんかも舞台度胸があって、勘もいいんじゃないですか。渡辺豊《わたなべゆたか》少尉も歌が好きだという話を聞いたことがあります」

ソ連兵の歌から座が盛り上がり、収容所《ラーゲリ》合唱団結成まで話がはずんだ。

「よし、皆で手分けして歌のうまい人や好きな人を探して、まず合唱団をつくろう。ソ連との歌合戦の件は、永田《ながた》隊長に相談してソ連側と交渉してもらおう」

武田が話を引きとって解散となった。

合唱団を結成して、ソ連側と対抗戦をやりたいという相談は、永田には面白い考えに思えた。日本の兵隊たちは、毎日の肉体労働とまずくて少ない食事を繰り返す生活に飽き飽きしていた。ストレスがたまり、ちょっとしたことから言い争いになることもあった。このまま放置しておくと、うっぷんばらしの大ゲンカが起きそうな気配すらある。また、

〝結局は帰国できないんではないか〟と落ち込み、誰とも口をきかずふさぎ込む鬱《うつ》気味の人間が出始めていた。先が見えず、単純で肉体的にもつらい捕虜生活にみんなやりきれなさを感じ、何か面白いことはないかと、ストレスの発散を求めていたのである。

麻雀、将棋、花札、碁を手作り

永田はそんな隊員を見て、将棋や囲碁を推奨していた。仕事現場に落ちている木片やボール紙などで将棋の駒や碁石を作り、夕食後に勝負を楽しみ、気を紛らせるように仕向けたのだ。すると、グループの中にはノミやヤスリを使い作りあげた、本物と見間違うほどの駒や、同じような石を集めて色を塗った立派な碁石まで登場していた。

そのうち、碁と将棋だけではつまらないと見たのか、花札やトランプ、さらには麻雀《マージャン》パイを器用に作り上げる隊員たちも増えてきた。さすが、工兵部隊出身者たちの集まりだ。手先は器用だし、機械の扱いもうまい。いつのまにか各グループが競争しているうちに、本物そっくりのパイや駒を作っては自慢しあっていた。

特に慶應義塾《けいおうぎじゆく》出身の熊本基雄《くまもともとお》少尉は玄人はだしだった。夜になると寝台のマットレスの下にある金網をT字形に切り取って先端を尖《とが》らせ、両刃使いの刃物にしてしまうのだ。

パイは建築現場の床材やパレットが材料として最適だった。厚さが揃っているので、それを一定の幅で細長い棒状にノコギリで切断し、次にパイの大きさに切り分ける。それをサンドペーパーで磨きあげ、模様はナイフで彫り、ニスを塗ると完成。筒子《ピンズ》はT字形刃物の先端をキリのようにして彫り、索子《ソウズ》は刀で刻んでから絵の具を塗ると、立派な竹（索子）模様のパイになった。いったん作り方を覚えると、麻雀パイは何組も出来上がった。できたパイは、数人に一組の割合で袋に入れて持っていた。

将棋や碁は、覚えると面白いが一局に時間がかかるうえ、実力差が出て賭《か》けには向かない。その点麻雀はルールさえ覚えれば、上手下手はあるものの、ツキが物をいうことも多い。このため瞬くうちに流行し、昼休みにも食事後にも一回勝負で行われるほどだった。

夕食後は、就寝まで自由時間だったので、あちこちで雀卓を囲み、チー、ポンなどの声が飛び交った。そのうち不思議そうに見ていたソ連の将校らも麻雀を覚えて仲間入りしてきた。

最初はマホルカ（タバコ）を巻く紙を一枚賭けていたが、だんだんと賭け単位が大きくなり、半チャンで砂糖半分（大さじ一杯、五グラム）となり、さらにエスカレートして朝食の黒パン半分にまで増えた。

永田は麻雀や将棋、花札の賭けが大きくなりすぎて、敗《ま》けた隊員が満足に朝食を取れなくなってきたことを知って、パンなどを賭けることを禁じた。それにしても、麻雀や花札の流行で収容所内の空気は明るくなり、ソ連兵も時々参加したりしたため、ギスギスした空気も薄らいできたことは収穫だった。永田は「遊びや賭けはソ連側も大目にみているので続けてよいが、我々の目的は〝全員が元気に健康で帰国することだ〟」と、何度も将校たちに念押しして注意を促した。

「でも麻雀やトランプ、花札がはやり出してから所内の雰囲気はぐっとよくなりました。ソ連兵も下手なくせに教えろ、教えろと言って入ってきますから、所内融和にもうまく役立ちましたよ」

と渡辺は言い、最近はやり出した『ノンキ節』の替え歌を披露した。

東南西北《トンナンシャーペイ》　風は変われど
下手なマージャン目が出ない　満貫できるは何時《いつ》の事
当分砂糖はあきらめた　ははは呑気《のんき》だね

将校たちはドッと笑い、永田もこの娯楽の普及で、収容所内の息詰まるような空気も変わり、一段落したなと安堵《あんど》した。

「隊長は電車株をご存じですか」

「いやー、聞いたことはないな」

「賭けの好きな連中が、作業中に街路を通る連結した電車の番号で花札のようなことをやるんです。電車が来ると遠いうちに前とか後とか決め、近づいてきたら番号を読むんです。番号の数字を足して九に近い方が勝ち、というんです。まあ、花札でよくやる一種のオイチョカブですな。何でも賭けのタネにしてしまうんです」

渡辺はいろいろと目を配って隊員を観察してくれているんだな、と永田は頼もしく思った。渡辺情報は収容所運営には貴重だった。

バイオリン作りも始まる

麻雀、花札、碁、将棋などを作り終えると「楽器も作れないかな」という声が出て、次に楽器製作が始まった。工事現場に落ちている金属板や木片を集めて作るのだ。どうしても手に入らない太鼓の皮などは、一緒に働いているウズベク人に頼むと、二、三日後にはほとんどの材料を渡してくれた。こうしてシンバル、太鼓、カスタネットなどの打楽器ができた。

「管楽器や弦楽器もないと淋《さび》しいな。ギターやバイオリン、マンドリン、バラライカなどもできるんじゃないか」

と皆が口々に言い出すと、誰もが「作れる、作れる」と言い出した。

宮崎《みやざき》県延岡《のべおか》出身の山口朝市《やまぐちあさいち》は、電気班に所属しており、職場にはカンナ、ノミ、ノコギリ、キリなど様々な道具があったし、近くの白樺《しらかば》の板などを集めれば何とかなるなと考え、バイオリン製作にかかってみた。

白樺の板を集めた後、ロシア人に頼んで実物の寸法図や型紙を作ってきてもらい、それを見てまず胴の部分を作った。ロシア人は当初、バイオリンを作ると聞いてびっくりしたようだが、日本人の手先の器用さや丁寧な仕事ぶりを日頃から見ていたので「やらせてみよう」と思ったのか、図面を揃えてくれた。砥《と》の粉や着色剤、ラッカー、接着糊《のり》などは木工場班から分けてもらい、弓は落下傘のヒモをほどいて作り、弦はロシア人に頼んで買ってもらったりした。ロシア人やウズベク人たちはバイオリンが徐々に出来上がっていくのを見て応援するようになり、いろいろと協力してくれるようになったのである。

作り始めてから四〇日ほどで完成した。仲間たちは「早く弾いてくれ、弾いてくれ」とせかす。山口は、本当にいい音が出るかどうか心配だったし、弓をあてた途端に弦が切れて壊れるのではないかと、ちょっと恐い気もした。

こわごわと弓をあて弾いてみると、思ったよりいい音が出たので、周囲の隊員やソ連兵、ウズベク人たちはみんな拍手をして「すごい、すごい」と歓声をあげてくれた。誰かが「収容所にはバイオリンのうまい隊員がいたはずだ。連れてきて弾いてもらおう」と言うと、別の者が「私が知ってます」と言って、飛び出して行った。しばらくすると、小田川隆を連れてきた。小田川は仲間が作ったバイオリンを見て胸が熱くなった。日本で弾いていたバイオリンとはまるで違っていたが、ちゃんと音が出た。

「こんな異国の収容所でバイオリンが弾けるなんて思いもしませんでした。それじゃ、まず『荒城の月』を弾いてみましょう」

春高楼の花の宴
めぐる盃《さかずき》　影さして　千代の松が枝わけいでし
昔の光いまいづこ

切ない音が流れ出すと、みんなシーンとして聞き入った。ソ連兵までが目をつむって聞き惚れていた。製作した山口は、ちゃんと曲が弾けたので嬉《うれ》しくなったが、そのうち音色と曲調に胸を打たれて涙が出て止まらなくなった。『荒城の月』が終わると、みんな「もう一曲、もう一曲」と声をあげ、誰かが「ロシア民謡を弾いてやってくれ」と頼んだ。小田川は、ちょっと考えてから『ともしび』を切々と弾いた。そしてさらに『ヴォルガの舟歌』『カリンカ』などを続けると、ソ連兵が小さな声で歌い出した。

もはや日本兵もソ連兵もなく、その場はバイオリンと歌で一体となって、音楽グループの雰囲気をかもし出していた。山口は自分の製作したバイオリンがみんなに喜ばれ、中にはふるさとを思い出して涙ぐむ隊員がいるのを見て、自分も胸が熱くなり〝数十日もかかって作ってみたが、こんなにみんなが楽しんでくれるとは……〟と誇らしい気持ちになった。

「なぜ日本人は器用にいろいろな楽器を作れるんだ」

とウズベクの職人仲間は感嘆に満ちた声で聞いてきた。

「図面さえあれば誰でもできるよ。ただ、いい音色が出るかどうかは別だがね。実は私も本当に音が出るかどうか心配だったんだ。でも、あなた方がいろいろ材料を集めてくれたから何とかできたんだ。本当にありがとう」

山口は皆に頭を下げた。

バイオリン演奏の話が収容所に広まると、あちこちで楽器作りが盛んになった。マンドリン、三味線など次々と作り手が現れた。材料や道具は工事現場に大体揃っていた。ウズベク人も歌や踊りが大好きな民族で小田川のバイオリン演奏を聞いていた人もいたので、そのことが知れ渡っていて、みんな気持ちよく協力してくれた。手先の器用な日本人に感心し、捕虜の身の上なのに真面目に正確な仕事をこなすことに内心驚く人も多かったので、進んで支援を申し出てくれていたのだ。

手作りの芝居、演芸大会

楽器がいろいろできると、誰いうとなく「芝居もやりたいな。演劇大会もできるんじゃないか」という声が高まった。日本の芝居となると着物姿が必須《ひっす》だし、時代劇には髷《まげ》も欠かせない。

〝着物の布はあるのかな〟と心配していたが、誰かがシーツを持ってきた。

「白い布はシーツなどを使えばいいとして、やはり着物には色がないと淋しいなあ。白だけだとお白洲《しらす》の罪人みたいになっちゃうよ」

という声があがるとみんなドッと笑った。

「そうだ、またウズベク人に頼んでみましょう。ウズベクの女性はアトラス織とかいう赤や青、黄色の入ったハデな洋服を着ているし、うす緑や藍《あい》色などの単色の布の服も着ているから、頼めば揃えてくれるんじゃないですか」

ウズベク人と一緒に仕事をしている仲間が声をあげた。

「そういえば、森崎《もりさき》、お前は確かウズベクの娘とつきあっているじゃないか。頼んでみてくれよ」

森崎は、ちょっとうろたえたが「顔見知りで時々話す娘さんがいるので頼んでみます」と顔をあからめた。こうして、二日もしないうちに一〇着分以上の色とりどりのウズベク模様の布が集まった。

「永田隊長殿、ちょっとお話があるのでお時間を取って頂けますか」

合唱団を作りはじめていた武田曹長ら数人が、自由時間の時、永田の部屋を訪れてきた。

「合唱大会のことを聞いた連中が、合唱だけでなく芝居もやったらどうかと言うんです」

「芝居？　何の芝居をやるんだね」

「この収容所の中には、旅芸人だった者がいて、股旅《またたび》ものや〝貫一《かんいち》・お宮《みや》〟などの新派の脚本を書ける者もいますし、女形《おやま》をできる役者もいるんです。みんな娯楽に飢えているので、歌だけでなく芝居もやったら大喜びすると思うんであります」

「ふーん。面白そうだね。だけど芝居の衣装や小物、鳴物などはどうする？」

「工事現場で使い残した木材や布などで着物や小道具は十分作れると言ってます。鳴物も三味線、太鼓、バイオリン、マンドリンぐらいなら作ってしまったものが何人かいます」

「それと、工事現場で一緒に仕事をしているウズベク人がみんな親切なので、彼らに事情を話したら、布や三度笠《さんどがさ》を作るワラなども調達してきてくれるんです」

武田らはもうすでに皆といろいろ相談し、材料の調達や作り手の確保、芝居の役者などにもおおよそのメドがついているようだった。

永田は、このところ碁、将棋、麻雀などの遊びができるようになって、収容所内に一時の沈鬱な雰囲気がなくなってきたことを喜んでいたが、収容所生活を何とか自分たちの工夫と努力で楽しいものにし、合唱や芝居までやりたいと言うようになったかと、胸が熱くなった。収容所内に広がりつつあったあきらめと不安で、皆の気持ちがバラバラになってきたのではないかと心配していたが、どうやら杞憂《きゆう》に終わりそうで晴ればれした気分になった。

「よし、わかった。ソ連側も多分文句は言わず賛成してくれるだろう。特に所長のアナポリスキーは物わかりがいいから、大丈夫だと思う」

それにしてもこの部隊はいろんな人材が揃っているな、と永田は改めてびっくりした。将棋、麻雀パイ、トランプをはじめバイオリン、バラライカ、太鼓などの楽器を作り上げてしまう。さらに芝居をやりたいとなったら脚本を書き、衣装、ドーラン、髷まで作ってしまうのだ。工兵隊という特殊部隊の集まりのせいなのか、もともと日本人は器用でモノ作りにかけては創造性が豊かなのか。永田は隊員の能力に改めて驚き、日本人に協力してくれるウズベク人やロシア人も巻き込んでしまうその人柄にも感心した。

演芸大会は、ソ連側も賛成で「楽しみにしている」と伝言があり、五月のメーデーの連休にやろうということになった。

目標が決まると、収容所内はにわかに活気づいてきた。瞬くうちに演芸隊、音楽隊、合唱隊などができて練習が始まった。なかでも注目は演芸隊だ。『母子船頭唄《うた》』『野崎《のざき》参り』

『残菊物語』『森《もり》の石松《いしまつ》』などの演目があがり、脚本づくりや衣装、髷、刀、草履などを手分けして作り始めた。

「熊本さんの書いた『残菊物語』は、ちょっと難しいなあ。誰かもう少しやさしく書いてくれるといいんだがな」

などといった声が出ると、

「後から部隊に来た落合にやらせてみたらどうでしょう。彼は田舎廻《どさまわ》りの役者だったらしいから、台詞《せりふ》の言い回しとか、面白い喋《しゃべ》りや決め台詞などをいろいろ知っているんじゃないか」

「本橋亘《もとはしわたる》という人は新劇の薄田研二《すすきだけんじ》氏の弟子だったとかいう話だ」

などといった情報が立ちどころに集まった。

衣装は、演芸隊の松尾済男《まつおすみお》がほとんど作った。実家が布団屋だったとかで裁縫がうまく、舞台で使う着物などはみんな彼の手にかかった。特に驚かせたのは、『お夏清十郎《なつせいじゅうろう》』に使う髷で、後ろの糸を引くとザンバラ髪に変わる仕掛けなどがあり、皆はそのシーンの練習になると「オオー」と歓声をあげ、拍手が起きた。落合は昔よく使ったとかいう「親分さん、落ち目でござんす」という台詞を間のいいところで語るので、これも収容所内の流行語となった。

演芸隊は堀内武司を班長に松尾済男、西田弘光、野山盤夫、田中晴夫、内堀清、鳩谷斉、酒井金太郎、森田富士夫などの役者が揃っていた。中でも酒井は合唱隊の岩佐荘平とともに女形でならした。二人とも若くて美男子だったから、女装となるとみんな「ホォーッ」と声をあげた。

酒井は女形の役が決まると、先輩たちにあれこれと女性の仕草や色街の女たちの様子を聞いてまわった。若い酒井は、女性とゆっくりつきあったことはなかったし、色街の女や芸者の立ち居振る舞い、女のシナの作り方などもよくわからなかったからだ。日本舞踊の名取であった松尾済男は、踊りの手つきや頭、首の傾げ方、内股歩きなどを特訓してくれ、酒井のほか西田弘光、田中晴夫などの女形役は多彩な演技を一応はこなせるようになり、それなりの色気をふりまいて皆を喜ばせた。

特に酒井はお化粧にも凝り、白粉《おしろい》は歯磨き粉を水で溶かして塗り、眉毛《まゆげ》は鍋底《なべぞこ》についた焦げた部分を取って墨にし、油を混ぜて描いた。紅も作業場にあった紅色のとれる、捨てられた塗料のようなものを探し、油などで溶かした。演芸隊に絵のうまい人がいるというので、酒井は女形の姿を記念に一枚描いてもらえないかと頼んだ。

「確か丹沢《たんざわ》さんという人で、実にうまく特色をつかんで私の女形姿を描いてもらったので嬉しくなって毎晩絵を見て惚れ惚れとし、楽しんでいました。練習は仕事が終わってからやるんですが、時々見物に来た連中が〝おお、なかなかやるじゃないか。ただ色がちょっと黒すぎるな〟なんてヤジを飛ばすんですよ。だから私らは、江戸《えど》っ子は大川《おお》（隅田川《すみだ》）の水で産湯を使うから、色が浅黒いのは当たり前なんだとヤリ返しました。するとみんながドッと笑い、楽しい雰囲気でしたね」

問題になった舞台もあった。『森の石松』の「閻魔《えんま》堂の場」で、石松ら清水次郎長《しみずのじろちょう》一家の郎党がチャンバラで相手を次々と斬り倒す場面だった。このシーンを見ていたソ連の政治将校が「大勢で人間が殺し合うシーンはよろしくない」と口をはさんできたため、カットとなった。カッコイイチャンバラを見たかったのに、と日本人の隊員たちは不平を鳴らしたが、斬り合いでバッタバッタと倒すのは、いくら芝居とはいえ〝問題あり〟と判断したらしい。

「チャンバラのない森の石松じゃ迫力が出ないですねえ。芝居っぽくやれば考え直してくれるんじゃないですか」

みんなすっかり清水次郎長ものをやる気になっていたので、これももう一度ソ連側将校にかけあうことになった。

演芸大会はウズベク人も親子で訪れた

演芸大会が始まった。この日は、お祭りということになって収容所の門もあけられた。日本人だけでなく、ロシア人や一緒に働いているウズベク人に加えて、近所のウズベク人も珍しがってやってくるだろうと考え、配慮したのである。舞台は、ナボイ劇場の工事現場と収容所の間にある空地に粗末なものが作られた。

プログラムは最初に日本側の歌と合唱、次いでソ連側が合唱、そして最後に日本人仲間がいろいろ工夫して作った演劇、というより旅芝居の演目を披露することになっていた。収容所の日本人が演芸をするというので、工事現場ではウワサが広まり、当日になるとウズベク人も親子連れで沢山やってきて、数百人の人出となって盛り上がった。

一番手には、収容所で最も歌のうまい武田曹長が登場した。伴奏は手作りのバイオリン、マンドリン、カスタネット、太鼓などで、演奏を始めると、初めは音がうまく合わず会場は大笑い。しかしまもなく全員のリズム、調子が揃ってくると拍手が出始めた。しかも、楽器は全て工事現場の廃棄物やウズベク人の差し入れで作ったというささやき声が伝わると、みんな真剣に聞き入った。

「日本人は器用だなあ」

「音色も悪くないじゃないか」

「マンドリンやギターなんてどうやって作ったんだ」

といった声が演奏者たちにも聞こえ、全員が胸を張る気持ちで演奏に力を入れた。「マンドリンやギターの材料は工事現場に落ちていた木切れを張り合わせたものです。決して盗んだものではありません」などと説明するとドッと笑い声が起きた。

「太鼓や三味線の皮は、工事には使ってないのでこれは外から調達しました。仕事仲間のウズベク人が探して持ってきてくれました。だからこれらはウズベク人と日本人の共同製作です」

マンドリンなどを高々とあげて観客に見せると、大きな拍手がわいた。

続いて武田がオペラ歌手並みの声で『出船』、ロシア民謡、『サンタルチア』『オーソレミオ』などを歌い出すと、会場はシーンとなって聞き入った。みんなその声の良さ、感情のこもった歌い方に胸を打たれたようだ。ロシアもウズベクもオペラや歌、踊りが好きな民族なので武田の歌には素直に大きな拍手を送り、アンコールの掛け声もあちこちから飛んだ。

　すると武田は「では、日本のふるさとの歌を二曲歌わせて頂きます」と言い『故郷《ふるさと》』と『荒城の月』を歌い出した。

　兎追ひしかの山、小鮒《こぶな》釣りしかの川、夢は今もめぐりて、忘れがたき故郷
　如何《いか》にいます父母、恙《つつが》なしや友がき、雨に風につけても、思いいづる故郷
　こころざしをはたして、いつの日にか帰らん、山はあをき故郷、水は清き故郷

　しんみりと、ゆったりと情感あふれた歌声が広場の四方に広がり、日本人の中には故郷を思いおこして涙ぐむ者も多かった。ロシア人、ウズベク人たちも歌の調べと涙する日本人の姿を見て、故郷を思い浮かべているのだろうと察し、もらい泣きする女性たちもいた。みんなが一致して送り出した武田の歌は大成功だった。ロシア人たちからは「あの歌はおカネが取れるほどうまいよ」と評判になっていた。

　ロシア人たちの合唱も圧巻だった。男声合唱のハーモニーが実に見事で、腹の底に響き渡るような合唱は、とても日本では聞くことができない代物だった。特に『ヴォルガの舟

歌』にはみんな酔いしれた。

えいこら　えいこら——　えいこら　えいこら　もうひとつえいこら……

初めはささやくような声から始まる〝えいこら〟の掛け声が、だんだん大きくなり〝そら曳《ひ》け舟を　そら巻け綱を　アィダダアィダ　アィダダアィダ……〟と続くくだりは、ほとんどの日本人が知っている部分だけに、余計に耳をそばだて一心に聞いていた。

「すごい合唱だな、五重唱、六重唱になってるんじゃないか」

「彼らは本当に素人なのか」

という声とともに、

「なぜ日本にはロシア民謡が多いのかな」

とつぶやく者もいた。確かに日本ではイギリス、アイルランド、イタリア民謡などとともにロシア民謡を多く習い、ソ連の国は好きでなくても、ロシア民謡は広く日本人の間に知れ渡っていた。

最後は第四収容所が最も力を入れた演《だ》しものだった。この演芸で観客をワッと沸かせようと、皆が力を入れて作ったものだ。演目は旅廻りの役者だった落合政治らがいたので、いくらでも出てきた。

「ひとつに絞るより面白いところをつなぎあわせ、見せ場の多い演しものを新たに作ったらどうですか」

と誰かが提案したら「それがいい、それがいい」ということになり、『金色夜叉《こんじきやしゃ》』の貫一・お宮や、『野崎参り』『森の石松』を組み合わせ、熊本基雄や落合政治らが脚本を書いた。

芝居の中の朗読は新劇にいた本橋亘で、〝さすが本職だ〟と皆をうならせた。女形も入れたら面白いということになり、練習ですっかり人気者になった、美男で小柄の酒井金太郎とやや大柄の田中晴夫らが演ずることになった。

演しものの筋は、日本人なら誰でも知っている見せ場の連続のようなものだったので、日本人は大笑いした。ウズベク人やロシア人には筋を通訳の東條隆眞《とうじょうたかまさ》らがあらかじめ説明し、名場面でも通訳したので彼らも大筋はわかっていたようだが、日本人が大笑いするのを不思議そうに見ていた。

女形が出てくると、ウズベク人らは「おおっ」と声をあげ、女らしい仕草に拍手する。

だが日本人からは「色が黒いな、お白粉の塗り方が足りないぞ」などと野次が飛ぶ。すると別の席から「仕方ない、仕方ない。日照りの中で仕事しているから地黒になっちまうんだよな」などと助け船が出て、会場がドッと沸いたりした。

そのうち貫一が「カネに目がくらんでほかの男に走ったか」とお宮を足蹴《あしげ》にすると、芸者姿の田中が出てきて止めに入る。そこへ股旅姿の黒駒《くろこま》一家が登場し三人を連れ去ろうとすると、上手《かみて》から国定忠治《くにさだちゅうじ》、下手《しもて》から森の石松が出てきて、お決まりの名台詞を吐いて黒駒一家をたたき斬るという舞台だ。ただチャンバラは残酷にやるなと言われていたので、歌舞伎の型のようにスローモーションで演じたため、かえって笑いを誘った。最終場面に、紙吹雪の雪が舞い落ちて「今宵《こよい》は満月だが、雪も降るか――」と言って幕が下りるといった次第だった。

日本人には久しぶりの芝居で大受けだったし、最後の雪の舞う演出も、また冬の日本を思い出させて好評だった。ロシア人やウズベク人たちは、普段は真面目に仕事をし、戦争が終わっているのに上官の命令で動く日本人の姿とは別の陽気な姿を見て、親しみが湧いたようだ。

「また近いうちにやってほしい」

多くのロシア人やウズベク人が日本人の側に駆け寄って肩をたたき、手をたたいた。日本人の間では、タシケントにいる収容所の仲間同士で大会をやったらどうか、といった声も相次いだ。タシケントにある収容所同士の演芸大会も、その後実現した。各収容所が個性ある演芸を披露したので、こちらも大盛り上がりだった。優勝したチームには賞品も出て、皆を喜ばせた。永田は演芸大会が無事に終わり、日本人の間だけでなくロシア人、ウズベク人との関係もよくなったと感じ、自然に笑みがもれてきた。

「今日は本当に楽しませてもらった」

と、ソ連側は白米や砂糖をくれた。

「どうせなら酒もくれればいいのになあ」

「自分が働いている電球工場にアルコールがあったはずだ」

と内堀清がその声に応《こた》え、水筒を二本ほど持ってゆき内緒で調達してきた。それからは終戦時以来の酒盛りとなって、演芸大会の大成功を祝った。ただ、翌朝になると全員頭痛をおこした。どうやらアルコールの中にシンナーが入っていたらしい、ということになった。

民主運動

起《た》て飢えたる者よ　今ぞ日は近し
醒《さ》めよ我がはらから　暁は来ぬ
暴虐の鎖断つ日　旗は血に燃えて
海を隔てつ我等　腕《かいな》結び行く
いざ戦わんいざ　奮い立ていざ
あぁ、インターナショナル　我等がもの
いざ戦わんいざ　奮い立ていざ
あぁ、インターナショナル　我等がもの

「何ですか、あの歌は？　あまり聞いたことがない歌だし……うまくないなあ」

夜の自由時間に、先輩たちのやっている麻雀を見ていた一番年下の大塚武二《おおつかたけし》等兵は、遠くの部屋から聞こえてくる一〇人前後の日本人の歌を聞いて尋ねた。以前にロシア人が歌っていた曲と似ているように思えたが、とてもうまいとは言えず、同じ歌とは思えなかったからだ。ロシア人が歌っていた歌は音程がしっかりしており、腹に響くような合唱でつい聞き惚れてしまうところがあった。それに比べると、日本人の歌っていた歌は覚え始めたばかりだし、がなりたてているという感じで調子も合っていない。

「ああ、あれか。確か『インターナショナル』という歌で、最近民主運動、民主運動と騒いでいる連中の主題歌みたいなものさ」

「ほかにも『赤旗の歌』とか、『メーデーの歌』なんていうのもよく歌っているよ」

ポン、チーなどと麻雀の手を休めず、先輩たちは関心なさそうな言い方をする。

「ただ歌だけじゃないぞ。勉強会といって、マルクスだのレーニンだのいう連中のむずかしい本を読んで、社会主義の勉強をして仲間を増やそうというのが狙いなんだから……」

「社会主義？」

――そういえば出征する前に社会主義とかレーニンとかいう言葉を聞いたことがあったなとおぼろげに思い出した。

「要するにアカを礼讃《らいさん》しようという考え方さ。うちの収容所にはそんな主義、主張者はほとんどいないようだが、よその収容所ではそっちが主流のところもあるらしいぞ。麻雀なんかしていると反動分子だ、といって批判されたり吊《つる》し上げを食うところもあるようだからな」

大塚は一八歳で入隊してきた若者で、収容所では一、二を争う若手である。初等学校を出た後、何となく軍国少年に憧《あこが》れて軍隊に入ってきたものの、日本軍は負け戦が続いていたようで、入隊前の威勢の良い話とはまるで違っていた。

入隊したらまもなく満州《まんしゅう》に派遣され、二ヵ月も経たずに敗戦。捕虜という予想もしない運命を辿《たど》り、今はこれまで聞いたこともない中央アジア・ウズベキスタンの第四収容所で働かされているのだ。

ただ大塚は性格がのんびりしているせいか、また高望みをして軍隊志願したわけでもないので特に悲観したり、嘆き悲しむという風でもなかった。根が真面目で、軍隊で何か技術《ぎじゅつ》でも人間関係でも得るものがあればよいと考えていた。実弾を一発も撃っていない二十歳《はたち》前の二等兵を、ソ連側も本気で処刑しようと思ってはいまい、と考えたりしていた。とにかく健康でいれば、永田隊長の言うようにいずれは帰国できるだろう、と楽観的に毎日を送ることにしていた。

この第四収容所は個人個人の考えや遊びなどについてうるさく言われることもないので、この際、社会主義とは何かについて誰かに聞いて勉強しておくのも面白いかな、とのんびり構えていたのだ。

「第四は民主運動に遅れている」

しかし大塚も、収容所によっては民主運動が盛んで、軍隊当時の秩序が完全に崩れて社会主義、共産主義の理論に優れ、運動を扇動する者が収容所の実権を握っているという話も聞いていた。一体、実際はどうなっているのか。よその収容所から来た者が次々と若手の質問に答えてくれた。

「収容所の秩序が崩れたっていうのは、どういうことなんですか」

第四収容所の一、二等兵の多くは、二〇歳以下が多く軍隊経験もほとんどないから、軍隊の階級の違いがどんな重さを持っているか、もうひとつぴんとこないのだろう。

「軍隊でこれまで二等兵で曹長などに歯向かう者がいたか。軍隊という所は、兵隊の位が上の者ほど偉くて威張っていただろう。

ところが、ソ連の収容所では地位に関係なく、日本が戦争に敗けたためだと思うけど、少尉や中尉などの隊長クラスも一等兵や曹長などに吊し上げを食ったり、いじめられたりするんだ。

タシケントでは第五収容所がかなり盛んで〝第四収容所はたるんでいる〟と批判されているらしい」

「俺が見たのは人の良い上官だったが、日本では金持ちの家だったらしく、大学も出た中尉だった。すると下士官は〝お前はブルジョアの育ちでこれまでいい思いをしてきたんだろう。これから皆の前で自分はいかに貧乏人の犠牲の上に楽な生活、軍隊生活を送ってきたかについて自己批判しろ〟なんて言われるんだ」

「誰がそんなことを扇動するんですか」

「アクチブと言われる日本人の民主活動家が何人もいるし、そのアクチブに動かされているスパイまでいる。だから陰でアクチブの悪口を言ったり、社会主義を批判したりすると、すぐ告げ口されて吊し上げられるから、みんな口をつぐんでアクチブの言うがままになってしまうわけだ。

アクチブの背後にはソ連の将校や管理者がいて、社会主義教育を奨《すす》めているとも言われているからどうしようもない。抵抗などしたら一番辛《つら》い仕事にまわされるし、帰国できないぞと脅される。だから民主運動の集会にいやいやながら参加している人が多いんではないかな」

「アクチブの人はもともと社会主義的な人なんですか」

「そういう思想傾向を持っている人も少しはいるけど、半分は社会主義思想がいい、と言っておいた方が収容所でソ連側の覚えが良くなるし、場合によってはダモイの順番が早くなると計算した者だと思うよ」

「アクチブの言うことを聞かない人もいたんですか」

「いや、面と向かってはケンカしないけど、すり寄ったりしない人や積極的な協力はしないという人はかなりいたね。正面から反発した人は辛い仕事を割り当てられたし、そのことで命を落とすケースもあったので、みんなアクチブや民主運動との関わり方には苦労しているみたいだ。

もちろん、もともと戦争に反対で社会主義的な考え方に共鳴していた人もいたけど、多くは保身でソ連にすり寄ったんじゃないかと思う。ソ連側は、ダモイがかなったら日本で社会主義運動を行うように奨めているしね」

「特に極寒の地シベリアでは、寒さと厳しい仕事に命まで落とす人も多いと聞くから。収容所内はどこもギスギスしていて、告げ口を恐れる雰囲気が満ち満ちているらしい」

よその収容所で起きている民主運動の実態を聞いていた若い兵たちは、ウワサとしては知っていたが、思った以上に日本人同士が憎み合ったり、陰湿ないじめ、吊し上げの実態があることを知ってみんな驚いたようだった。

民主運動の教材は、主としてハバロフスクで発行していたとされていた「日本新聞」だった。タブロイド版二～四ページで、内容はニュース、共産主義の解説、マルクス経済学の紹介、反米宣伝などが主だった。当初は配るだけだったが、一年くらい経つとアクチブという民主運動の活動家が派遣されてきて、『ソ連共産党小史』『レーニンの貧農に訴える』などをテキストとする本をもとに勉強会を開催していた。

酒井と同名のもう一人の金太郎・加藤金太郎《かとうきんたろう》は敗戦を経験したものの、まだ軍国主義的精神が残っていたので民主運動は性に合わなかった。ただ、同年兵の一人が民主運動の指導者として動いていたのにはびっくりした。特に外からやってきた民主グループの指導者が「民主グループに入れば早く日本に帰れる」と言うのを聞いて「帰国をエサに思想教育をするとはけしからん」と反発した。

永田は、収容所によっては盛んに自己批判、相互批判、反動分子の吊し上げを実行していると聞き、第四収容所でそんな動きが激しくなったらどうするか、を考えておく必要があると思った。人を色分けして民主分子、進歩分子、日和見分子、反動分子などと呼び、密告までするようになったらこの第四はバラバラになり、さらに賛成か否かによって「日本に早く帰す」「帰さない」などの脅しが出るようになると、みんなが疑心暗鬼となってこれまでの良い雰囲気が壊れることを心配したのである。

「第四は教育にあてる休日も設けていないし、平日の自由時間には麻雀や碁、演劇の練習などをしていて、アクチブが集会を呼びかけても人が集まらない。第四は民主運動に遅れているとあきれている」

といったウワサまで、よその収容所では出ているらしい。しかし情報がほとんどなく、「日本新聞」とソ連の本だけで思想教育をしてよいものか。様々な情報を得て、自分の人生体験に照らし合わせて自分の思想、価値観を形成するのが常道だろうと永田は考えていた。幸い第四には、今のところ吊し上げや告げ口、大衆的弾劾などはないが、何かの拍子にそれらが流行すると収容所運営は厄介になるなと、思い始めた。

「この第四収容所では『日本新聞』などが配られたりすることはありましたが、激しい民主運動や吊し上げなどは聞いたことがないですね。夕食が終わると麻雀やトランプ、将棋などが盛んだし、歌や芝居の稽古《けいこ》をしたりしている人も多いですからね」

「シベリアの冬は酷寒だと聞いているけど、ここはそれほどではないし、将校たちもいい人が多いから、収容所の人間関係はそんなにギクシャクしていないので民主運動が盛んじゃないんですかね……」

他の収容所から来た捕虜たちの話による限り、第四収容所の民主運動はほとんど存在しないといっていい位だった。激しい所では「戦争が終わったんだから収容所で軍隊の階級を適用するのはおかしい」という声もあがり、将校たちが吊し上げられたうえ、将校部屋もアクチブの指導者にとられていた、と言う者もいた。ただ、アクチブの中には次第にその特権を利用して働かなくなったりした者もいたので、「逆に吊し上げを食う例もかなり見ました」と言う隊員もいた。

他の収容所をいくつか経験してきた捕虜たちの話を聞いて、永田隊にいた連中は、正直自分たちは恵まれているな、と感じた。仕事の内容も、ここでは皆が力を合わせて歴史的なオペラハウスを完成させれば形としても残るが、よその収容所の仕事は木の伐採や道路の修理、家の修繕、鉄道建設、石炭の穴掘り……など単純な肉体労働が中心で〝形〟として残るものも少ないようだ。自分たちが工兵として働き、職人技術をもった集団だから第四収容所に来て劇場作りに携われたんだな、という思いを強くした。

「永田隊長が言っていたように、日本人として恥ずかしくない劇場を作らないと、他の収容所に連れてゆかれた人にも申し訳がたたない」

という気持ちを強めた者も多かったようだ。

だが、それでも永田は一抹の不安を感じていた。ソ連の政治将校たちが裏で糸を引けば、第四収容所でも不安心理が広がり、皆がバラバラになってしまうのではないかと思ったのだ。

ところが不幸中の幸いというべきか、まず、永田自身が政治将校の標的とされることになった。

秘密情報員と疑われた永田

ある日、夕飯時間が終わると、将校室に少尉クラスの各部・班の責任者たちが集まってきた。永田は滅多に将校の会議など招集しないので、突然の招集にみんなちょっと驚いていた。永田は、先日ソ連の政治将校に呼び出され、あれこれと質問されていた。それをみんなに話し、注意を喚起しておこうとしたのだ。

もともと、永田は自由主義的な考えが強かったし、日本軍が壊滅してしまっている今、旧軍隊の階級制度をそのまま活用している捕虜生活のあり方も疑問に感じていた。ただ、ソ連側が旧日本軍の階級制度をそのまま活用しているし、日本側だけが秩序を作り変えてはかえって混乱すると考え、当面の抑留中は旧軍隊の制度を主に適用し、もし矛盾が表面化したりした時は、その時々で相談しようと思っていた。とにかく今は異常事態なのだから、自然体のままで行こうと肚《はら》をくくっていた。

敗戦直後の日本では、大勢の日本人が天皇制や教育、企業の財閥解体など、大きな転換を目の当たりにしていたが、戦地でそのまま捕虜となった人々は、依然戦前の価値観を引きずった人が多かった。ただ、一部で民主運動が収容所の中で流行しているとウワサされていた。そのようなウワサや情報が多くなっていたので、永田は自分の考え方を皆に伝えておこうと思っていた。

民主運動の波が第四収容所にも少しずつ入りかけてきた頃、永田は突然、ソ連側の連絡員から呼び出しを受けていた。収容所の空気は、娯楽が盛んとなり、演芸大会もみんなが楽しんで無事に終わって、ソ連側も喜んでいるように見えた頃である。

「何だろう今ごろ？」

と思い巡らしたが思い当たる節はなかった。

ソ連側の事務所へ行くと見知らぬ将校と朝鮮人の通訳がいて、「一緒に来て欲しい」と石造りのいかめしく暗い建物に案内された。いつもと雰囲気が違うのでいやな予感がした。

「アナポリスキー所長はご一緒ではないのですか」

「今回の話は収容所幹部たちには関係ない。まあ、党としていろいろな人に話を聞いている。その一環だと思ってもらえばいい」

初めは将校が「収容所内の生活はどうか」「食事は十分か」「仕事はきつすぎないか」――などあたりさわりのない話を聞くだけで、何か狐につままれたような印象だった。だが、将校のただならない目つきや、喋《しゃべ》り方を思い返してみると、〝これは何かを探っているんだ。このまま今日だけで終わるはずはないな〟と覚悟した。案の定、数日後に再び呼び出しがあった。

今度は単刀直入に日本軍内部の思想統制、将校や下士官、兵の忠誠度とその内容や軍の管理法などの調査といった件に移ってきた。話をやりとりしているうちに、ソ連の軍組織には、正規の軍の指揮系統、序列とは別に軍内部の思想調査組織があるらしいことがわかってきた。いわば、軍の内部に思想調査、忠誠度を調べる秘密の組織があり、軍の中にそれらの要員を潜り込ませて情報を収集しているのだ。要するに、軍内部のスパイ組織のようなものであるらしい。日本にもあった憲兵組織のようなものと見当をつけた。

彼らは、第四収容所の日本軍組織の中にもそうした任務をもった思想調査員がいるはずだと思っていて、そのメンバーを見つけるために永田を呼び出していることが何となくわかってきた。各地の収容所には、日本の旧軍組織とは別に民主運動を進めるアクチブが目立っているようだとも聞いていた。民主運動に熱心でない第四収容所の実態を調べに来たのではないか、と見当がついてきた。

しかし、第四収容所の中にはそんな要員はいないので答えようがない。

「いや、ナガタは知っているはずだ。言ってくれ」

「日本、特にこの第四収容所にはそんな人間は絶対にいない」

「いや、いるはずだ。でなければ軍の統制がとれるわけがない。正直に答えて欲しい」

「日本の軍隊では、そんな要員がいなくても十分に統制がとれるようになっている。誰に聞いても同じ返事だと思いますよ。特にこの第四収容所はオペラハウスを建設するために、みんな力をあわせているから、全員が協力的に動いているのだ」

「お前はウソを言っている。本当のことを言ってくれ。お前の部隊は飛行機の修理や整備をやる技術者の集まりというが、それもウソではないのか。そんなに隠すところを見るとお前自身も秘密の要員ではないか」

ソ連将校が永田本人に疑惑の矛先を向けてくる始末となった。通訳は「このままシラをきり通すなら、しばらくの間営倉に入って考えてもらうことになるぞ」とやんわり脅しをかけてきた。このままだと自分が人身御供《ひとみごくう》にされ、営倉に入れられると思い、必死に身の証《あか》しをたてる方法を考えた。永田は、彼らに自分が技術者であることをわからせることが一番だろうと思いついた。

「紙と鉛筆を貸して欲しい。今から自分が担当していた飛行機の図面を描く。それを見れば私が飛行機の技術者だということがわかるはずだ」

紙と鉛筆をもらい、彼らの前で一式戦闘機の油圧系統図や引込脚の構造図を描いて渡してやった。

永田は、この数日間に自分の身に起こったことを渡辺に話した。

「私の描いた図面を見て、私が技術将校であり、憲兵のような役柄ではないとわかってくれれば問題ないんだが……」

「その図面はどこで描いたんですか」

「彼らの見ている目の前だ。あとから持っていったんじゃ、私が描いたのではないと疑われるかもしれないからね」

「感触はどうでしたか」

「五分五分だろう。彼らも図面を見て正しいかどうか、わかる知識を持っていないから持ち帰って専門家に聞くんだろうと思う」

渡辺は、ここでもし永田がソ連側に引っ張られたら第四収容所のまとまりは一挙におかしくなると心配した。今日までほとんど大きな問題もなく順調に建設が進み、完成まであと一年弱ぐらいのところまできている。しかし、永田がいなくなったら誰が指揮をとり、全体をまとめてゆくか、——そこに思い至った時、置かれている状況の重大性に気づかざるを得なかった。

「多分大丈夫だと思うが、いざという時にはどういう体制にし、誰が指揮をとるかということも他の将校と相談しておいて欲しい」

永田はそう言って、渡辺に「すでに戦争は終わっているから、本当は軍隊の階級や権威は通用しないんだ。もしソ連側が別の組織体制を作ろうとしても、いざという時に備えて慌てず、組織がバラバラに崩壊しない工夫を考えておいた方がいいな」と念を押した。

渡辺は将校たちに永田の身に降りかかった出来事を話し、最悪のケースも考えて案を練っておいて欲しいという永田の言葉を伝えた。各隊の隊長たちは突然のことに驚いたが、どんなことになっても各隊が勝手な行動をとらず、今まで通り協力し合っていくことと、当分は隊員には知らせないことなどを誓いあった。

すると数日後、ソ連側収容所将校から「ナガタ、いろいろ調べたところ、あなたは本当の技術者だということがわかった」と連絡があった。秘密要員ではないことがわかったらしい。潔白が証明されたせいか、その後呼び出しはなかった。危うく難を逃れたのである。

永田はこの経験から、様々な収容所で盛んになってきているという民主運動とは、収容所内に反日本軍組織を作り、アクチブと呼ばれる民主運動家を密告者や日本に帰国させた後の情報内通者として育成するためにソ連側が推奨している運動ではないかと推測した。協力者には早く帰国させるとか、食事を多く与えるなどの特典をぶら下げてみせ、収容所内で権力を持たせて社会主義思想を広め、宣伝する役割を帰国後も担わせようと考えているのではないか。実際、よその収容所から来た連中に聞くと、第四収容所とは違ってかなり激しく民主運動が行われているところが多いという。以前、自分のことをいろいろ聞いたソ連の将校は、第四収容所の実情と民主運動家の責任者などを知りたかったのではないだろうか。

永田は将校たちを呼び出し、自分が受けた尋問のことを自分の口から話した。

「そのうちに、この収容所でも民主運動が激化し、統制がとれなくなる恐れもある。ここの所長のアナポリスキー大尉は、民主運動にそれほど関心を持っていないが、政治将校たちは収容所の管理者たちとはまったく別の役割を持っているように思う。収容所の中から動きが出てきた時の対応も考えておいた方がよいかもしれない」

永田は、将校たちに民主運動の動きについて注意をするように頼んだ。永田自身は、これまでの第四収容所の各小隊長や下士官、兵などの顔を思い浮かべても、今のところ思い当たる節はなかった。ただ、ソ連側は自分たちの軍隊の組織のあり方から日本軍のことを推測して疑ってくるので厄介だった。

日本軍でいえば憲兵隊のような組織を想像しているのかな、とも思ったが、技術兵集団にはあまり縁がないので、それ以上深くは考えないことにした。それは戦後民主主義の価値転換というよりも、狭い収容所内の人間臭いドロドロした権力闘争のようなものだったし、戦時中にいじめられた下級兵などのシッペ返しのようなところもあったからだ。

だからこそ、多くの捕虜や永田にとっては、自らの価値観を変えるような運動とは映らなかったのだろう。

「抑えつけたら、すぐわかる」

永田はみんなを前にして言った。

「皆も知っているように、ソ連の多くの収容所で民主運動が盛んになり、収容所の秩序が乱れたり、内部で険悪な雰囲気が高まっていると聞いている。この第四収容所でも最初の頃と違い、いろいろな地域から多くの部隊の人間が入ってきていることもあって、民主運動に関心を持つ者も増えているように思う。別に民主運動を推進するとか、抑えつけようとかいうことではないが、我々もある程度民主運動のことを知っておいた方がいいと思うし、みんなの意見も聞いておきたいと思って集まってもらった。だから、どんなことでもいいから言いたいことを言って欲しい」

将校たちも最近気にかかっていたことなので一瞬シーンとなった。

「わが第四ラーゲリ内を見たところ、アクチブの動きは目立たないし、大規模な集会が行われている様子もなく、問題が起こりそうな気配は見当たりませんが……」

渡辺が口火を切った。

「何人かは誘われているようですが、ほとんどの隊員はあまり関心をもってみている雰囲気はありませんよ。大体、何を目的とした組織かがはっきりしないし、ソ連側に言い含められているかどうかもわからない。まずは観察しておく程度でいいんじゃないでしょうか」

「いやー、最近よそからここへ来た捕虜によると、激しいところもあるようです。指導者は軍の階級とは関係なく、もっぱら不満分子が社会主義的な論理を掲げて、かつての軍部や上層部のこれまでの横暴を言い募っているようです。まとまりのない収容所では、その扇動にのって戦争中に意地悪した上官らは、今度は逆に批判されているみたいですね」

「それにしても軍隊で、わけもなくいじめられたり殴られた者は沢山いるだろうけど、そんな民主運動の説得や誘いにすぐのるものかね」

永田は疑問を呈した。永田も学生時代に哲学や社会主義の考え方をかじったことはあるので、説得の仕方では賛同を得るかもしれないとは思った。しかし、乱暴なアジ演説で、たとえ戦争に敗けたとしても人の気持ちがすぐに動くとは思えなかったのだ。

「いや、勉強会に入ったり民主運動で活躍してソ連側の覚えがよくなると〝早く帰国できる〟といったウワサがあり、多くはそちらの方を気にしているようですね。もし民主運動を挑発したり妨害したりすると、逆に帰国が遅くなったりずっと抑留されっ放しになるぞ、と脅された兵もいるようです」

敗戦の混乱で、軍隊当時の上意下達が通らなくなっている部隊も多いと聞こえていた。さすがに第四収容所は工兵が中心で真面目な人間が多かったし、永田を慕う者も少なくなかったので、これまでのところは各小隊長が指揮をとり、渡辺、堀内《ほりうち》、山辺《やまべ》らが各班をうまく取りまとめていた。軍隊経験も長くなかったので階級意識も目立つほどではなかった。何より渡辺らがこまめに各班をまわって不満を聞いて解決策を講じていたこともあったし、永田が食事の均等配分を実現したり、演芸大会を開くなど皆を元気づけていることを知っていたので、暴発するようなことはなかったのだ。

永田たちの人柄もあり、将校・下士官の動きがバラバラになっておらず、事態は今までのところ落ち着いていた。ほんの一部の後から入所してきた連中が勉強会を始めたぐらいで、第四収容所ではほとんど問題が起きていなかった。

「勉強会に出たいとか民主運動に参加したいという部下が出てきたらどうしましょうか」

渡辺は心配げに聞いた。

永田はちょっと考え込んでから、

「自由にさせて、いいんじゃないか。それは将校・下士官も同じでいいだろう。人間にとって何が正しいか、何が良いかはそのうち自分で判断をするはずだ」

「将校・下士官が参加するとなると、影響が大きいんじゃないですか」

「かもしれないな。でも抑えつけたらすぐわかるし、わかった後の反動の方がこわいかもしれない。とにかく全員、健康で無事に帰国させることが我々の方針であることを愚直にわかってもらうしかないだろう」

永田がいつも一貫してぶれないことに将校たちも安心した。永田が言葉を継いだ。

「収容所によっては、どこかが統一して作った『日本新聞』という宣伝紙を参考にして勉強会などを行っているようだ。日本人の民主運動の指導部が書いて刷っているんだろうと思う。詳細は知らないが、そのうちここの収容所にも配られるだろうし、すでに配られているかもしれない。日本が今後どうなるかわからないが、多分、軍事独裁を批判したり、民主化を進めることが日本のためになるということが書いてあるのだと思う。ソ連も同じ考えだから、民主運動や新聞発行を大目に見ているに違いない。

諸君らもよく読んで、民主運動活動家の論理をよく理解したうえで物を言ったり、反論、同調することを考えておいた方がいいと思う。カッとして、その場限りの感情で発言するしい。

とあとで揚げ足をとられるかもしれないので、よく注意しておいた方がよいだろう。それと収容所を管理しているソ連の幹部たちがどう出てくるか、についても注意しておいてほしい。

特に渡辺は時々カッとして頑固になるから注意するように」

みんながどっと笑った。

永田の物の言い方、考え方はとても二五歳の若者のものとは思えないほど落ち着いて説得力があり、何より上から強制するような物の言い方をせず、自分で考え自由に判断するように説いているところに渡辺らは感心した。しかも、将校、下士官、兵隊と、誰に対しても、いつも同じように喋るので次第に信頼を集めていた。

永田の指揮する収容所の人数は四〇〇人を超え、年齢は一八歳から三〇歳までの若者と壮年の集団である。血気盛んな若者や戦争中に意味なく殴られたりして不満をもっている連中は多数いて、一歩間違えれば、反抗するはずだ。実際、他の収容所、特に極寒のシベリアなどでは勢力争いや、ソ連軍に協力すれば帰国が早くなるという言葉を信じ、節操なくロシア人に近寄る人間も数多くいるという。人間は、土壇場に追い詰められてくると弱さや卑しさ、おべっかを使うなどの、本性が出てくるとはよくいったものである。

盛り上がらなかった第四の民主運動

将校会議が終わると、隊員たちはみんな結論や会議の内容を聞きたがった。

将校たちは各隊の隊員たちに討議の内容を正直に伝えた。

「自分で判断して良いと思ったことをやればよい、ということだ。永田さんや将校たちは多分参加しないだろうな。今までと同じだよ」

みんなは「なあんだ」と言いながら部屋に戻っていったが、「やっぱり麻雀や演芸大会をやっていた方がいいなあ」という声ばかりが聞こえてきた。

大塚は社会主義的な考え方を知ってみたいと思い、とにかく一、二度は参加してみるのも面白いかなと思った。この収容所にいる限りは、民主運動で人間関係が壊れるようなことはないだろうというのがみんなの確信だった。実際、第四収容所の民主運動は、その後一度も大きな盛り上がりを見せることなくいつのまにか沈滞していった。

それでも、第四収容所にも時々「日本新聞」が配布されることがあった。発行はハバロフスクだった。旧軍の秩序が揺らいでいるのを見て、旧日本軍兵士に社会主義思想を教育して、日本へ帰国した後に共産革命の〝戦士〟として動くことを期待したのである。実際、戦争直後の日本は軍などの抑圧がなくなり、進駐してきたアメリカ・マッカーサー元帥のＧＨＱ（連合国総司令部）は民主主義、自由主義思想を軸とした憲法改正や教育改革をめざしているという情報が収容所にも聞こえてきていた。旧軍の幹部や学者、教育者などで戦争を指導した人々は次々に追放されたし、戦争に協力した企業財閥は三井《みつい》、住友《すみとも》、三菱《みつびし》だけでなく中堅財閥も次々と解体され、民主化が進められているというのだ。

ソ連もそうした動きに乗って社会主義、共産主義の思想を浸透させる人間を日本に増やしたいと考えていたのである。

第四収容所にも「日本新聞」などが配られてくると、他の収容所の民主運動のウワサ話に尾ヒレがついてあれこれと流れ込み、よく話題になった。

「シベリアの方では、まだ旧軍秩序が残っており、将校たちは働かず相変わらず命令ばかりしているので、反乱が起きたところもあったそうだ」

「ソ連側によく思われようと、過去の経歴を偽って仲間内の告げ口をする者も多いという。どの収容所もお互いに疑心暗鬼となって、誰に何を告げ口されるかわからないので、自分のことはなるべく喋らないようにしていると聞いた」

「戦争が終わったのに、いまだに下級兵が零下二〇～三〇度の所で仕事をさせられたという話もあるそうだ」

「幹部があまりにも横暴だと、下級兵が結束して将校たちを吊し上げたりしているところもあるらしく、ソ連側も黙認している場合が増えているようだ」

――といった話が少しずつウワサとして聞こえてきていた。

ただ第四収容所では「勉強会があるから来ないか」といった誘いは時々あるが、参加する人間は少なく、よそで聞くような暴力沙汰《ざた》や告げ口などはなかった。

第六章　収容所の恋

「早く食べて」

収容所《ラーゲリ》生活も一年も経つと、ロシア人、ウズベク人、日本人《にほん》などの人間性や人間関係がわかってきたせいか、入所当時の緊張感は徐々に薄らいでいった。大体、収容所ではロシア人所長が、所内の全体の統制（ナチャリニック）をし、他のロシア人が、計理（インチェンダント）、技師長、医務などの役割にあたり、その下でウズベク人が職人の親方や事務方の実質責任者を務めた。一般労働者のウズベク人は日本人と一緒にレンガ積みや彫刻、電気、床張りなどの仕事をしていた。毎日、一緒に協力しながら働いていれば、自然に簡単な言葉を覚え、口をきくようになる。

当初は日本人も仕事に慣れていないため、モタモタすることがあった。そんな時は「早くやれ、そんなにノロノロしていると、ノルマが達成できず食事を減らされることになるぞ」と怒鳴り声をあげる親方もいた。それに反抗したり、わざとサボタージュをすると、「食事抜きの処罰だ」といって営倉入りを命じられた。ただ、そんな場合は日本の炊事班がちゃんと見つからないように差し入れをしてくれることが習慣になっていた。

しかし、長くともに働くうちに、ウズベク人の職人や親方たちも日本人に関心を持ち始め、片言の言葉で互いに故郷のことや家族のことなども話すようになってきた。ウズベク人は、日本人の手先が器用で仕事が速く、丁寧なことに驚いたようだった。

「日本人はなんでそんなに器用で真面目に働くんだ。捕虜だったら適当にやっていればいいのに……」

「普通の日本人は小学校へ行って六年間で読み書きや工作、礼儀作法などを習う。進学する者もいるが、多くは職人や技術屋、事務職に就いて職場で先輩からみっちり教えられるので、基礎的なことは覚えるんじゃないか」

などと答え、九九などを諳《そら》んじたりしてやるとびっくりする。

「だから大体の日本人は文字を読み、簡単な計算はできるはずだ。でもウズベク人も真面目だし、親切な人が多いと思うよ」

「そうかなあ。じゃあ今度、仕事の手順ややり方が複雑になって、わかりにくくなったら教えてよ」

などと言い合うようになった。しかし、あまり親しげにしているとロシア人に目を付けられたり、告げ口されたりするから、とウズベク人も注意しているようだった。

そんな中で、隊員たちと同世代の若いウズベク人、アサードフは日本人の仕事ぶりにいつも興味をもって、若松《わかまつ》や渡辺《わたなべ》、同じ彫刻仕事をしている仲間たちに気軽に片言の日本語で話しかけてきた。

「日本人は自国にいても、みんな仕事に熱心でそんなに器用なのか。近くの収容所にいるドイツやイタリアの捕虜は、いつもサボって真面目に働こうとしていないよ」

「いや、日本人もいろいろいるさ。ただ、日本の教育は、学校でも家庭でも〝真面目に勉強し働きなさい〟〝ウソはつくな〟〝約束の時間はきちんと守れ〟〝目上の人の経験や話はまずちゃんと聞け〟〝仕事はみんなで協力してやりなさい〟〝わからないことがあったら、恥ずかしがらずに周りの人に聞きなさい〟などと教えられてきたからかな」

アサードフに質問された人は、みんな口々にそんな答え方をしていた。ただ、渡辺はドイツ人は〝ロシア人嫌いで抵抗しているのだろう〟とみていた。ドイツの靴職人という捕虜が仕事を本気でやっている時は、日本人もびっくりするようないい仕上がりになっているのを何度も見てきたからだ。ただ、ロシア人が命令したりすると「何を言っているんだ。ロシア人の言うことなんか真面目に聞けるか」と言って横を向き、露骨に嫌な顔をしていたものだ。

渡辺らは、そんなドイツ人の態度を見て「彼らは民族的に誇り高く、ソ連《れん》の捕虜になっていることに耐えられないのかな」と勝手に解釈し、時折ドイツ人と日本人の相違を論じたりしたものだ。

その点、ウズベク人は気のいい人間が多く、日本人には親しみやすかった。特にアサードフは勉強熱心で、何でも日本人に聞いてくるので捕虜仲間の間では人気者だったのだ。彫刻や彫刻ブロックの取り付けなどのグループにいた婦木《ふうき》菊治《きくじ》にとっては、カリャーキン親方の笑顔が忘れられない。最初に作業場に来て作業体制、工程、その日のグループ全体（七、八人）のノルマなどを確認しておき、作業員にその日の仕事を指示する。皆が作業場所につくと、一人一人の所へ行って「お早《はよ》う」と挨拶《あいさつ》する。その時、ニッコリと笑い「安全に気をつけろよ」と言うのが日課だった。その笑顔が皆を和ませ、日本人の間では「カリャーキンはいい男だな」と人気があった。

ある時、カリャーキン親方は「フーキのご両親はフーキがタシケントにいることを知っているのか」と聞いてきた。婦木は「知らないはずだ。多分死んだと思っているだろう」と答えると、「そんなことを言ってはいけない」と言ったまま涙目になって黙ってしまった。実は、カリャーキンの息子もドイツとの戦争に徴兵され戦死していたのだ。

それから一週間もしないうちに親方は手提げ袋から黒パンを取り出して「早く食べろ」と渡してくれた。以来、毎週黒パンを持ってきて婦木や同僚に分けてくれた。収容所で出る黒パンの二倍の量があった。さらに昼休みに腰を下ろして休んでいると、五〇歳位の女性が見慣れた手提げ袋から大きな饅頭《まんじゅう》を日本人捕虜に配ってくれた。カリャーキンの奥さんだった。

「早く食べて！　早く！　早く」

とせかす。日本人捕虜に食べ物を与えていることが見つかれば、ソ連将校から罰せられるからだ。みんな顔を見合わせ、びっくりしてかぶりついた。おいしそうに食べているのを見てカリャーキンの奥さんは嬉《うれ》しそうに目を細めていた。

「私たちウズベク人は、日本人と戦争したわけじゃないのに、こんなに遠くまで連れてこられて働かされるなんて本当に気の毒だわ。決してウズベクのことを恨まないでね……」

言葉が耳に残った。

ウズベク人に『草津節』を教える

ウズベク人は美人、美男が多いことで有名だ。多民族国家なので日本人とそっくりの顔つき、体形の人も少なくない。日本文化にはシルクロードを通って中国《ちゅうごく》や朝鮮《ちょうせん》から伝わったものも多いので、何となく相性がいいのかもしれなかった。

職場には男と同様に女性も来ていた。十七、八歳の若い娘や、親方の地位にいる女性もいて、みんなきれいなので日本人には人気があった。女性が職場で働くことは、ソ連では珍しいことではなかった。夫が戦争で亡くなり、働きながら子供を育てている女性も少なくなかった。

白壁に囲まれた家に親子三、四代で暮らす家族が多く、女性が外で働いている時は、祖父母が子供の面倒を見てくれているという。戦前の日本と似た大家族制が普通の暮らし方だった。

「日本人は収容所でどんなものを食べているの」

とよく他の女性たちも聞いてきた。

黒パン三五〇グラムか米、粟《あわ》、麦三五〇グラムが主食で、あとはキャベツの漬物とか砂糖大根、それと骨付きの羊肉やニシンの塩漬けなどが中心だと言うと、

「それだけじゃ、お腹がすくでしょう」

と、時々黒パンや砂糖などの差し入れをソ連兵に見つからないよう渡してくれたりした。

そんな中で日本人捕虜仲間に人気があったのは、夫を亡くした中年のオーリガ、ウインチ係で威勢のよかったターニャ、ナターシャ、ニーナなどで、ターニャを先頭に三人がよ

く連れ立って廁《かわや》へ行く光景を見ると、「ああ、また連れションに行くぞ」と笑いあっていた。

ロシア人と同じようにウズベク人も歌や踊りが好きな民族だった。日本人が仕事をしながら歌っていると、左官グループで助手をしている若いウズベクの女性などが興味深そうに聞いている。一人はゾーヤという一六歳ぐらいのかわいい美少女、もう一人はザイナップで色黒のガッチリした二十四、五歳と見える女性だった。

特にゾーヤは歌が好きで日本の若い男にも関心があったようで、「日本の歌を教えて欲しい」と左官グループにいた吉田一《よしだはじめ》に頼んできた。

そこで吉田が『さくら　さくら』を教えてやると、熱心に歌って覚えてしまった。ある日、ゾーヤが休憩時間に「私、日本の歌を知っている」と言ってみんなを驚かせた。

さくら　さくら　弥生《やよい》のそらは　見渡すかぎり　霞《かすみ》か雲か　匂いぞ出《い》ずる　いざや

いざや　見にゆかん

上手に可愛らしく歌ったので拍手大喝采《だいかっさい》となった。一緒に働いていたウズベク人の親方アクラムや職人のナザールも、ゾーヤが人気者となって喜んだ。

するとこ今度はザイナップが「私にも教えて……」と頼んできた。吉田はちょっと考えてから、覚えやすくてみんなにうけそうな『草津節《くさつ》』を教えた。

草津よいとこ一度はおいで　ハドッコイショ　お湯の中にもコリャ花が咲くヨ　チョイナチョイナ

日本では誰もが知っている民謡、宴会歌である。

覚え込んだザイナップが、やはり皆の前で歌うと「ドッコイショ」や「チョイナチョイナ」という部分で日本人は大笑いをした。するとザイナップはふくれて「ヨシダは私に変な歌を教えたな」と怒った顔をした。慌てた吉田は「いや、そうじゃない。あれは酒の席で歌うお目出度《めでた》い歌なんだ」と説明したが、ザイナップはみんなの前で恥をかかせるような歌詞を入れた歌だろうと納得しない。

「〝ドッコイショ〟というのは、よく日本人が重いものを持ち上げたり、数人で仕事をする時に声を合わせて言う口グセだよ。あんたも聞いたことがあるでしょ。日本人はみんなで協力する時に、一緒に掛け声をかけると全員が集中してうまくゆくから、〝ドッコイショ〟とか〝ソーレ〟〝一、二の三〟といった声を出すんだ。『草津節』は日本人なら誰でも知っている歌だから〝ドッコイショ〟や〝チョイナチョイナ〟という部分では皆が声を合わせるんだよ」

と吉田は説明した。そういえば永田隊長は日本人の〝和〟の精神とか言っていたなと思い出したが、〝和〟の精神などと難しいことを言ってもかえって混乱すると思い、そのことは口にしなかった。しかし、ザイナップは、吉田の説明や日本人の他の職人たちが、重いものを持ち上げる真似をして〝ドッコイショ〟とか、〝ソーレ〟と掛け声をかけるのを見て納得したようで、その後も『草津節』をよく聞かせてくれた。

恋人ナージャ

一九四七年春になると、ナボイ劇場も完成に近づき、毎月少しずつ第四収容所の人数も減っていった。いよいよ待ちに待ったダモイ(帰国)が近づいてきたことが、何となく匂ってくる。

「本当に今度はダモイだな」

自然と兵隊同士の話もはずんでいた。

そんな中で浮かない顔をした兵隊がいた。鉄骨工事、照明器具取り付けなど、危険な作業の多い部署で「仕上げ」屋さんと仲間内では呼ばれていた中の一人である、森崎忠孝《もりさきただたか》である。この部署は多い時は四〇人ぐらいいたが、四七年になると一〇人ぐらいに減っていた。

この仕上げ部には倉庫を備えた事務所があった。事務所がある部署は少なく、しかもその事務所にはナージャと呼ばれるきれいで可愛らしい女性の事務員がいたので、他の部署からはうらやましがられていた。

ウズベキスタンは一〇〇前後の民族がいるといわれる多民族国家で、トルコ系、ペルシャ系、中国系《ちゆうごく》、モンゴル系、ロシア系、ヨーロッパ系、インド系など、それぞれ異なる流れを汲《く》む人々が多い。もともとは中央アジアを旅する交易商から出てきた人が多く、砂漠を旅して暮らすか、川や湖など、水のあるオアシス地域から都市へと発展した所に住み着くケースに分かれたようだ。タシケント、サマルカンド、ブハラ、ヒヴァなどの都市はそうしてできたかつての古代都市で、都市と都市の間は、今でも砂漠になっている所がほとんどだ。

ナージャは典型的なウズベク美人の一人だった。もちろん仕上げ部の仲間は、みんなナージャに関心をもち、昼休みや作業までの自由時間に、事務所に行って彼女に話しかけたり、ふざけたりしていた。

森崎忠孝は新兵の二等兵で一番下っ端だったので、先輩たちがナージャと話したりしている時は、いつも後ろの方で見ているだけだった。ただ、ナージャの控え目な姿や美しく可憐《かれん》な姿はいつも気になり、作業用具を取りに事務所の前を通る時は、ナージャを見つめるのが習慣にまでなっていた。言葉を交わしたことはないが、ナージャの方も森崎のことをチラチラ見ているのではないか、と視線を感ずることもあった。

「森崎、お前はナージャに気があるんじゃないのか」

「いえー……。私は口をきいたこともありませんから……」

顔を赤らめて答えると、仲間たちは「どうも本気らしいな」と声をあげ、「でも捕虜の身じゃ色恋も難しいよなあ」と笑った。二人がお互いにチラチラと相手を見ているところを目にしていたのだ。仲間内では、二人が互いに気にかけていることは全てお見通しだったのである。

森崎の仕事は劇場周辺の上下水管の設置だった。直径一メートル、長さ一〇メートル位ある水道管をロープを使って三、四人で劇場正面の階段を担ぎ上げてゆくのだ。親方はウズベク人のパナーリンで、一番下の森崎の面倒をよくみてくれた。森崎がナージャに心を寄せていることをパナーリンも気づいていた。そんな若い二人の淡い恋心を知ってから、二人がゆっくり話ができるよう、二人だけで倉庫の棚卸しをする計らいもしてくれたりした。

ナージャとは片言でしか話せなかったが、歳は一つ下の二〇歳だとわかった。ある朝彼女からそっと紙包みをプレゼントされた。仲間の後ろでそっと見ていただけの彼女から贈り物をされ、びっくりしたが、喜びに胸が高鳴り、生きる張りを手にした思いだった。

「ダモイなのね」

彼女は口数が少なく、おとなしそうに見えたが、二人になると身ぶり手ぶりでわかりやすく意思を示してくれた。片言の言葉を覚えると次第に親しさを増し、収容所の映画会（幻灯会）の時には父親と一緒に果物などのお土産を持ってきてくれたりした。これまでは仕事が終了したらすぐ収容所に戻ったものだが、ナージャと親しくなるにつれ、帰るのがもったいなくなり、屋上や薄暗い非常階段に座って抱擁を重ねることが多くなった。熱い唇を合わせていると、時間はあっという間に過ぎた。

そんな二人の逢瀬《おうせ》を知って、パナーリンはある時「タシケントに残って結婚したらどうか」と持ちかけてきた。森崎は虚を衝《つ》かれたように思えたが、ナージャと一緒にこの地で暮らせたら……という思いも出てきた。森崎はふるさとの日本を捨てるか、ナージャと新天地で生活を始めるか――本気で思い悩んだ。

ただ、外国人が結婚するにはソ連の国籍を取得しなければならなかった。森崎は自分の意思を形にしてナージャに示そうと、とにかく結婚の前提として国籍取得申請の書類を提出したのである。あれほどダモイを心待ちにしていたのに、今やナージャに身も心も奪われてしまったのだ。そんな森崎を親しい仲間は心配したが、森崎は国籍取得の許可が出るかどうかに全てを賭《か》けようと決心したのである。

ところが国籍取得の許可が下りるのかどうか、いつまでも連絡がこない。そのうちに毎日事務所に顔を出していたナージャが休むようになった。はじめのうちは一日か二日で戻ってきたが、そのうち一週間も来なくなり、姿を見せない日が続いた。森崎はパナーリン親方に「ナージャはなぜ休んでいるのか」と尋ねたが「どうも病気らしい」と言うだけで、詳しいことはわからないまま日が過ぎていった。森崎は毎日ナージャの姿を捜し、居ても立ってもいられない日々を過ごしたが、どうにもならなかった。

　国籍取得を許可する書類は届かないまま劇場はほぼ完成し、一九四七年の春になると、森崎は同じタシケント内の第八収容所へ移ることになった。ところが、移る前からさらにナージャは休みがちになり、移動が決まってからは姿を見せなくなった。森崎は事情を知り合いのウズベク人の女性に聞いたが、ここでも「病気らしい」と言われるだけで様子はわからなかった。

　第八収容所へ移ってしばらくしてから、ナージャがナボイ劇場へ戻って働き出したという知らせが入った。それを聞いた森崎はじっとしていられなくなり、ナボイの現場へ戻れないかとあちこちに頼んだ。その結果、熱意が通じたのか、最終作業として残っていた舞台装置関連に部署を移してもらい、ようやく仕事の合間をぬってナージャと会うことができた。

　久しぶりに会ったナージャは少し痩《や》せたように見えた。会った途端、二人は言葉も発せずひしと抱き合った。

「病気だったの？」

「ええ、連絡できずごめんなさいね。でももう大丈夫だから……」

とナージャは微笑んだ。その後は時間が惜しいような気持ちで互いに喋《しゃべ》りあい、抱擁して唇を求めあった。そして出会いのきっかけや二人の思いを互いに熱く語りあった。

「私は最初の頃は、事務所で働くナージャの姿をずっと遠くから見ていて、一度でいいから話をしてみたいと思い続けていたんだ」

「私は会議の席であなたの名前がよく出たので、どの人かと気になっていたんです」

二人はともに思いを寄せていたので親しくなれた、ということを知って、胸を熱くし互いに涙を流した。

「結婚を真剣に考えてソ連の国籍取得願いを出したんだが、どうもダメらしい。全然許可の知らせが来ないんだ」

「そう、そこまでしてくれていたの」

ナージャはまた涙ぐんだ。

しかし、結局劇場の完成の日が来ても森崎の国籍取得許可証は下りなかった。

「ダモイなのね」

ナージャは涙を流しながらつぶやくが、森崎もただ涙を流し、彼女の冷たい手を握ることしかできなかった。

森崎と同じようにウズベク人の女性と親しくなり、結婚を考えた人は他にも何人かいた。しかし捕虜の身とあっては国籍取得が許可されるはずはなかった。

以前、森崎は満州《まんしゅう》からシベリア鉄道でタシケントへ来る途中、ノモンハンの近くで日本人に会ったことがあった。列車に日本人が乗っているのを知ってやってきたというその男は、ノモンハン事件で生き残った後、現地の女性と一緒になったのだという。ボロボロの服を着ており、生気のない顔をしていたことを、なぜか最近思い出していたのである。結局、一時の思いで結婚してみてもうまくゆかない、ということの知らせだったのかなと自らを慰めるしかなかった。

森崎は結局、後ろ髪を引かれる思いで帰国の途についた。冷戦終結後、ウズベキスタンを訪問する機会はあったが、思い出が辛《つら》く蘇《よみがえ》り、足を向けることはなかった。渡辺たちがナージャの消息を聞いてくれたが、彼女はすでに故人となっていた。ナージャの妹が渡辺たちに託した生前の写真には、娘時代の彼女の面影が残っていて、森崎は写真を見て「すまなかった」とむせび泣いた。

帰国前に完成見学会を

夏になると、第四収容所も慌ただしくなってきた。劇場の完成が誰の目にもはっきりしてきたし、第四収容所の取り壊しも少しずつ進んできたからだ。もともと公園の一角に、劇場通いには便利だからと建設された急ごしらえの建物だったので、劇場の完成した分野を受け持っていた捕虜たちは、別の収容所へ移転させられ始めたのである。

永田《ながた》は〝全部完成する頃には、日本人捕虜はほとんどいなくなってしまうな〟と思い、〝どこかの時点で仮の完成式を行ってみんなの苦労をねぎらい、自分たちの建てたナボイ劇場の完成を祝ったらどうだろうか〟と考えた。そんなに盛大なものでなくてもよい、とにかく無事に立派なものを作り終えたことを皆で再確認し、喜びあうという集会を開いてケジメにしたいと思い始めたのである。

その案を残った将校たちに話すと、

「そりゃあいい、やりましょう」

「みんな自分が受け持った仕事のところのことはよく知っているけど、全体の様子や、他人の仕事の箇所のことはほとんど知りません。ぜひ一度、全てを見て、知っておきたいですね」

みんなが賛成した。残る仕上げの部分や季節を考え、九月中旬に行うことで衆議一決した。

「ただ、もうすでに半分ぐらいの者が第四ラーゲリを後にして第七、第八などの収容所に分散してしまっています。その者たちにも出てもらいたいですね」

「そうだな、完成の集会といっても一日中行うわけではないだろう。せいぜい二、三時間もあれば全体の見学もできるんじゃないか。午前か、午後の二、三時間、趣旨を話してソ連側将校にナボイ劇場完成見学会の特別許可をもらえるよう交渉してみよう。労働時間中はダメだというなら、休みの日でもいいし、できれば休日にゆっくり見廻《みまわ》れたらいいな」

永田はそう言って、各将校に日時が決まったら連絡するので、ソ連将校や一緒に働いたウズベク人にもそれとなく話しておくようにと告げた。第四収容所にいた日本人捕虜たちはいくつかに分散されたが、実はロシア人監督やウズベク人たちも別の収容所に行って仕事を続けている者が多かった。この二年間で気心の知れた相手方もあちこちに分散していたので、各収容所への話もつきやすいと思ったのだ。

九月に入り中旬の日曜日、ほぼ完成したナボイ劇場の前に、元の仲間やウズベク人らが続々とやってきた。久しぶりの再会に、みんなあちこちでその後の消息や帰国日の予想などについて情報交換をしあっていた。すぐというわけではないが、帰国は順番に行われている雰囲気だったし、すでにタシケントを離れた仲間もいたので、皆の顔は明るかった。

敗戦後、自分たちの将来にまったく予想がつかず、捕虜生活の厳しさを考えて恐れていた頃のことを考えると、一筋も二筋も光明が見えてきており、安堵《あんど》の様子が全体の空気として流れていた。

永田は第四収容所にいた下士官を見つけ、話しかけた。

「君は第五ラーゲリに行ったようだが、第五は民主運動が厳しいと聞いた。問題にされていることはないか」

「私はまだ問題にされていませんが、第四ラーゲリから来た者はアクチブから目をつけられやすくなっています。先日もアクチブが〝この集会を第四ラーゲリから来た連中の糾弾大会にしよう〟と怒鳴り、他のアクチブ連中も〝異議なし〟と応《こた》えたため、一人の下士官が引き出されました。アクチブの指導者が〝第四ラーゲリから来た連中の中には、民主化に遅れている者が多い。それは第四の幹部たちが民主運動を妨害したためである〟と叫び、〝そうだ、そうだ〟の声が飛んで幹部の方が演壇に立たされて自己批判を強要されました」

「その人は誰かね？」

「騒然としていて、遠くからだったので顔や名前はよくわかりませんでした。後から聞くと野崎さんとかいう名前のようでしたが、その人物は立派でしたね。

平然と〝今さら申し上げることは何もない。厳しい環境の中で皆と苦楽をともにし、歴史的な劇場を作ることができた。所期の目的である素晴らしい劇場を作り、収容所の所長や永田隊長からも喜ばれた。あのような劇場を形として残せたことは、日本人の誇りでもある。これは第四ラーゲリの仲間の皆のおかげだと感謝している。皆も健康に留意して全員無事に帰国できるよう祈っている〟と言ったんです。

そしたら周囲のアクチブ連中とその同調者からの罵声《ばせい》と怒号が飛んで大変でした。その後議長役を務めていた幹部が〝諸君、こいつは自己批判をしていない。しかも平気で会場を眺め回し、詭弁《きべん》を弄《ろう》している。反動幹部の見本だ。こいつを日本へ帰すな〟と声を張り上げたら、会場は大騒ぎとなり、さらに『赤旗の歌』の大合唱に変わりました」

永田は、その顔をすぐ思い出すことができなかったが、その後何とか無事にいてくれて、帰国できるようになって欲しいと祈らずにはいられなかった。しかも、その下士官が「立派に仕事をやり終えた。後は元気に全員が帰国しよう」と述べたと聞いて、第四収容所で自分が常に言っていた精神が生きていたんだと涙が出てくる思いだった。その下士官が無事に帰国できたら日本で再会したいと心から願った。

「本当にありがとう、スパシーバ」

ほぼ全員が揃ったところで永田は劇場前の階段に立って、集会の趣旨を告げた。

「今日はまず、みんなに長い間ご苦労をかけたことに感謝とお礼を言いたい。皆の前に建っているこの壮麗なナボイ劇場は、私たち日本人を中心に一緒に働いたロシア人、ウズベク人たちとの汗と涙の結晶だ。ご覧の通り素晴らしい建築で、きっと後世に誇れるオペラハウスになると思う。これは、諸君らが日本人の名に恥じないようそれぞれの職場で手を抜かず、知恵を出し合い、協力しあったからこそ完成したのだと信ずる。

最初はぎこちなかった関係のロシア人や一緒に仕事をしたウズベク人も、私たち日本人の裏表のない気質や器用でよく働き、時間や納期をきちんと守ることに感心していた。困難な時に皆で知恵を出し合う日本人の〝和〟の精神についても、心と肌で感じてくれたと思う。

私も満州で敗戦を迎え、貨車でソ連へ送られている時は、今後自分たちはどうなるのかと、正直言うと胸は不安でいっぱいだった。しかし、工兵隊の隊長となった以上、個人のことより、まず捕虜の日本人が全員無事に日本へ帰国できるよう努めるのが私の最大任務だと、思い定めた。幸い各小隊長や下士官から二等兵の諸君まで、文句ひとつ言わず、協力してくれた。よその収容所では内紛や告げ口も結構あり、収容所内の統制が乱れ、収容所内や仲間同士の雰囲気も良くないとも聞く。その点、この第四ラーゲリは実に運営しやすく問題のない所だった。本当に皆さんに〝ありがとう〟とお礼を申し上げる。

ただ野村浅一《のむらあさいち》君と永尾清《ながおきよし》君の二人が事故で亡くなられたことだけは心残りだった。改めて皆で一分間の黙禱《もくとう》を捧《ささ》げ、ご冥福《めいふく》を祈りたい。

今日はこの後、一緒に働いた人たちと皆が作った場所や床板、彫刻、レンガの美しい積み具合、舞台装置、電気の配線、観客席や別の間、壁や天井の絵などをじっくり見てまわって欲しい。そして私はいつの日か、平和になり、成長し豊かになるだろう日本からここにやってきて、皆でオペラを鑑賞できたらと夢みたいなことに思いを馳《は》せている。

どうか諸君、残る日々を無事に過ごし、健康で日本へ帰国し、家族と再会して欲しい。

本当にありがとう、スパシーバ」

心地よい秋風が吹き始め、劇場前からは拍手とすすり泣く声が聞こえた。永田の話が終わると、顔なじみのソ連の将校やウズベク人が握手を求めて近寄り、永田に何事かささやいた。永田はそれを聞くと大きくうなずき、皆に伝えて欲しいと言っているというロシア人の言葉を伝えた。

「ロシア人もウズベク人も〝日本人は本当によくやってくれた。素晴らしい民族だ〟と言っている。それと後で、私たちの作った舞台でロシア人、ウズベク人がバレエを披露するので見て欲しいと言っている。楽しみに見せてもらおう」

と言って解散を告げた。日本兵たちは三々五々劇場の中へ入り、自分たちの〝作品〟を丹念に見始めた。

座席の中央に座って場内を見渡すと、自分たちが思っていた以上に大きな劇場だと思えた。舞台は奥行きがあり、バレエやオペラには十分な広さだった。壁や天井に作られた各地方の特色を生かした彫刻も素晴らしかった。中央の席を囲むように二階、三階にも馬蹄《ばてい》形の豪華な観客席があった。それぞれが一緒に仕事をしたウズベク人との作業を思い出しながら「よくここまで作れたな」と、改めて自分たちの仕事を誇りに思えた。シベリアなどでは鉱山や森林作業、鉄道建設が主だったと聞かされていたので、このように形に残る仕事に関われたこともみんな嬉しく感じていた。

劇場内部の舞台、座席、幕の仕掛け、天井や壁の彫刻、幕間に休むサマルカンド、ブハラの間などの別室、苦労して敷き詰めた床板などを見ているうちに、涙ぐむ者も少なくなかった。天井には大きなシャンデリアが数ヵ所にぶら下がり、劇場の装飾を際立たせていた。劇場内を見終わって、外から美しい外観を確認して、全員が自分たちとウズベク人で作り上げた劇場に誇りを感じた。特にレンガを積み上げて直角になっている建物の角の部分は、美しかった。見学した全員が、こうした後世に残る劇場が職場だったことに幸運を感じていた。

永田は見学後、隊員たちにもう一声かけた。

「日本はアメリカの爆撃でそこら中が廃墟《はいきょ》のようになっていると聞いている。その惨状を見たらショックだろうが、この第四ラーゲリの協力、和の精神を思い出して、まず家族、親族と気持ちを分かちあい、その後は自分たちの村や町を立て直して欲しい。日本が明治維新から一等国に成長したのは、若い人たちがいたからだ。殿様たちは徳川《とくがわ》の次の幕府権力を握ろうと動き回ったが、若い志士や優れた商人、農民たちは封建国家の再生ではなく、近代国家を作ろうと命を投げ出し、今日の日本の礎を作ったのだと思う。

ぜひ、諸君らも帰国したら、世界から敬意を表されるような日本を再建し、そのような日本人になって欲しい。私たちはこの第四ラーゲリで礎を築くことを学んだはずだ」

永田は胸に込み上げる思いを呑《の》み込んで、一気に話した。思い残すことは、もうなかった。

終章　夢に見たダモイ

永田の最後の仕事は名簿の暗記だった

永田《ながた》には、もうひとつだけ仕事が残っていた。すでに収容所に来た頃から毎日日課として自らに義務づけている〝暗記〟だった。

第四収容所《ラーゲリ》に収容された日本人《にほん》捕虜の名前と住所を全て知っておきたいと思ったのだ。全員に氏名、所番地を書いてもらい、それを持ち帰ることができるなら楽でよい。しかし、日本語で書いた書類、紙を持っていて、もし帰国船に乗る際の身体検査で見つかればどうなるか。きっと怪しい文書とみなされ破棄されるか、最悪の場合はスパイ容疑をかけられて、再び収容所に戻される懸念があると考えた方がよい。そう思い、奉天《ほうてん》で編成された時の永田隊原隊だけでなく、後から入ってきた部隊の隊員たちの氏名、住所も全部暗記することを決心したのだ。

暗記するといっても、氏名だけならともかく住所までとなると容易ではない。しかし、永田は部下たちの帰国後の行き先を知り、連絡を取れるようにしておくことも自分の役割であり、使命だと思ったのだ。

どのようにして覚えられるか――。永田は第四収容所に入所した時から捕虜全員に番号を付けられていたことを思い出した。一番は永田行夫《ゆきお》（大尉）、二番堀内武司《ほりうちたけし》（中尉）、三番繁田《しげた》達夫《たつお》（少尉）、四番山戸潔《やまべきよし》（少尉）、五番渡辺豊《わたなべゆたか》（少尉）、六番都丸泰助《みやこまるたいすけ》（少尉）、七番道田孝、八番木村繁夫、九番………二三九番渡辺実、二四〇番辰本六三といった順番となっていた。永田隊以外では、収容所の到着順に浮田丈夫隊の浮田から東豊吉まで一四人、その後重田義男から雑賀清一まで三一人、熊本基雄《くまもともとお》隊の熊本から前田幸雄まで四二人、さらに山辺《やまべ》隊の山辺正《ただし》から春野健治までの二六人、三合里《さんごうり》からタシケントへやってきた江口《えぐち》隊の江口栄一《えいいち》より富永清幸までの一〇四人となっており、第四収容所に在籍した全員の数は四五七人だった。

住所になると、田舎になるほど長く複雑で覚えにくい。特に地方出身者の住所は、県や市町村名の後に「大字〇〇字××」などと長ったらしい地名がつくので、それを見るとさすがに萎《な》えてきた。当初は暗記は不可能と思えた。しかし、永田はとにかく毎日、呪文《じゅもん》を唱えるようにして頭に沁《し》み込ませた。

昔聞いたクロス・リファレンスという暗記法で毎日、朝一回と夜一回三〇分ずつ繰り返した。それは「一番永田行夫、一番横浜《よこはま》……」などと声をあげ「番号・名前・番号・住所」をひとまとめにして覚える方法だった。

「最初の一〇〇人は大変でしたね。投げ出すこともチラリと頭に浮かんだけど、一〇〇人を超えると次の二週間は割合楽でした。頭が習慣になるんでしょうな」

永田は後《のち》にこのように振り返っている。一ヵ月もすると、かなり正確に覚えているようになったという。

アナポリスキーとの再会

ナボイ劇場が完成した。しかし、全員直ちに帰国の途についたわけではなかった。短い人でも半年から一年は、他の収容所にまわされた。長い人はその後二年以上、いくつかの収容所を転々とした。

永田は第四収容所から第八収容所へまわされ、しばらくしてから第九収容所へと移った。何と第九収容所の所長は、あのアナポリスキー大尉だった。

久しぶりの再会に二人は顔をほころばせ、肩を抱き合った。

「またお会いするとは思いませんでしたよ」

「いや永田サンが第八ラーゲリにいるとわかったので、また私を手伝ってもらいたいと思い、上の方に頼んだのだ」

「そうだったのか。あなたが所長なら心強い。よろしくお願いしますよ」

永田はすぐにアナポリスキーが自分の居場所を探し出し、第九へ呼んだのだと悟った。大尉の心遣いに胸が熱くなった。

「私の今の役割は鉄道工場を作ることだ。また手伝って欲しい。しかしそんなに長くはない。多分、半年もしないうちに帰国になると思う」

とアナポリスキーは言った。しかし、実際には仕事らしい仕事はほとんどなかった。永田を近くに呼び寄せ、安心できるようにしてくれたのだ。そして、永田は一九四八年七月に帰国の許可が出た。アナポリスキーが手をまわしてくれたようだった。永田を自分の側におき、帰国の時機をうかがっていてくれたのだろう。

永田はアナポリスキーを探し、礼を述べた。

「七月にここを出ることになりました。あなたのおかげだと思う。心からお礼を言う。ありがとう」

「いや、私もあなたには随分助けられ、予定日までにソ連《れん》史に残る立派なナボイ劇場を建てることができた。党幹部も〝よくやった〟と大喜びしてくれた。こちらこそ感謝している。あなたが兵隊たちをきちんと指揮してくれたから劇場ができたと思っている。あなたのリーダーシップがなければ、あの難しい建築はできなかっただろう。どうか元気に日本へ帰って欲しい」

二人は握手を求めあい、がっちりと手を握りあった。


「もう、ダスビダーニャはないのだ」

若松律衛《わかまつりつえ》もやはり、劇場完成後に第一四収容所に移り、その後四八年の夏になると、徒歩で二時間ほど歩いた第九収容所に入れられた。所長は永田を呼んだアナポリスキー大尉だ。やはり大尉の心遣いで若松を呼んだのだ。永田が帰国列車に乗る直前、若松は同じ収容所内で永田に出会った。

「隊長もここでしたか。所長はアナポリスキーなので、彼がとりはからってくれたようですね」

「君も元気そうでよかった。私は数日中に帰国列車に乗るようだ。また日本で会おう」

嬉《うれ》しそうに握手を交わして別れた。

約二〇〇人ほどの虜囚がいたが、若松には特に決められた仕事はなく、ただ労役の現場へ通うだけだった。一ヵ月ほど経った八月下旬にアナポリスキー所長が呼んでいると言われ、所長室へ行くと笑顔で告げられた。

「数日後に帰国するように」

「ありがとうございます。ですが、実は旧友がまだ五人ほどここに残っているので……」

「あなたは十分すぎるほど尽くしてくれた。やがて四度目の冬がシベリアにやってくると、翌年春まで帰国列車は出なくなる。あなたの戦友は私が責任をもって帰国させるから、心配しないで九月上旬に予定されているウズベキスタン地区から出る今年最後の帰還列車で帰国した方がよい」

アナポリスキーは何度も念押しした。若松の性格から〝自分は最後で良い〟と言い出すのを知っていて、若松に最後まで言わせず帰国を強引に勧めたのである。

九月四日、ウズベキスタン各地や遠くトルクメニスタンから集まった日本人捕虜約一〇〇人がタシケントで合流して、若松も夢にまで見た帰還者専用の貨車に乗り込んだ。その時、アナポリスキー所長がわざわざ見送りに来てくれたことに気づいて駆け寄った。二人とも見つめ合うだけで、しばらく声が出なかった。お互いに固い握手を交わし、

「ダスビダーニャ（またお目にかかるまで）」

と若松は別れの言葉を述べた。すると、アナポリスキーは悲し気に首を振り、目を潤ませながら言う。

「若松サン、もうダスビダーニャはないのだ」

〝もはや永遠の別れなのだ〟とその涙目は語っていた。アメリカとの冷戦状態が本格化し、日本との国交回復もない状態で、互いに日本とソ連を行き来することはできないだろうと悟っていたのだ。


永田の側近として信頼の厚かった渡辺は、タシケントの劇場の仕事が終わると第八収容所のレンガ工場へまわされた。少し慣れたなと思った頃、四八年の一月に汽車に乗せられ

タシケントを離れた。「ダモイ（帰国）」と言われていたが半信半疑だった。汽車は、北へ北へと走りオムスクに着く。西へ向かうとモスクワだが、東へ向かいノヴォシビルスク、クラスノヤルスク、イルクーツク、バイカル湖をまわってハバロフスクに着き、どうやら今度は本当に帰国できるかと期待が湧いた。シベリア鉄道のタイガ（森林地帯）の原生林を走りながら、ようやくナホトカ港の郊外に着いたことがわかる。しかし、ナホトカに着いても帰国船に乗らない限り海を渡れないのだ。

ナホトカまで来ていながらアクチブの密告によってまた連れ戻された者もいると聞いていたので、今度は黙って自分を殺していようと心を決めた。

実は、渡辺は劇場の仕事が終了してタシケントからカラガンダの収容所へ送られ、そこでウズベク人やコザック人から「何か落度があったり反抗するとタコイ（営倉）だぞ」と忠告されていたが、実際にタコイに入れられた経験があるのだ。

零下三〇度の戸外で家の壁のレンガ積みを行い、一日の仕事が終わった時に、ロシア人の監督がやってきて「積み方が悪い、やり直せ」と命令したのである。指示も出さずサボっていたロシア人が、気まぐれのせいか「積み直せ」と頭ごなしに怒鳴ってきたため、カッと来た渡辺は「何を言うか」と叫んで積んだレンガを足で蹴《け》っ飛ばし、散乱させたまま帰ってしまったのだ。その結果、収容所の営門の前から宿舎ではなく営倉に直行、南京《なんきん》錠《じょう》をかけられ何日も放っておかれた。

「日本だ、日本だ」

渡辺は一週間ほどしてから朝鮮《ちょうせん》人の通訳の前に引き出された。ピストルを脇において、将校の尋問が始まった。

「どうしてレンガを壊したのだ」

「監督の命令をなぜ聞かなかった」

「命令違反の罪は重いぞ」

などと次々に尋問してくる。

「自分は監督の指示通りにやっていた。監督がやり直せと言ったからレンガを崩しただけのことだ。大体レンガ積みをやっている時には監督はいなかったし、どういう積み方が良いかという細かい指示もなかった。自分には何の罪もないはずだ」

「反抗しているとお前は特別収容所行きだぞ」

相手はピストルの上に手をおいて声高に怒鳴る。渡辺はここが勝負どころだと思った。

「自分には妻もいないし子供もいない。正しくやったことを認めないというなら、好きなようにしたらよい。ソ連の社会主義的正義というのはそういうものなのか」

本当は恐ろしさで膝《ひざ》が震えるほどだったが、精一杯のヤセ我慢で意地を通したのだ。相手は無言だったが、再び暗い営倉に放り込まれるハメとなった。それから翌日も翌々日も同じ尋問をされ、同じように答えた。なぜあの時、恐ろしいと思いながらもヤセ我慢を続けられたのか。一種の気合いのようなものだったように思う。その後も、数日間にわたり一人営倉に入れられたままだったが、なぜか釈放されることになった。

渡辺は永田から「渡辺はよく手伝ってくれて助かるが、頑固なところが心配だ。意地を張りすぎて失敗しないように気を付けることも大事だぞ」と言われたことを何度も思い出したが、ソ連兵の理不尽さにカーッとなり、そのまま突っ走って引き返せない感じだった。

ただ、日本を目前にしたナホトカで、意味なく依怙地《いこじ》になって帰国を棒に振るのはバカげているので、アクチブの横暴さにはなるべく関わらないよう心掛けた。アクチブがソ連側とくっついて権力にモノを言わせ、なお吊《つる》し上げや民主運動の集会があったのだ。

ナホトカに着いても、各地から帰国を許された人数が数百人単位にならないと帰国船は出航しない。その間、長いと一ヵ月以上の待機となり、イモ掘りの作業やアクチブの話、革命歌を歌う毎日が続くのだ。タシケントから帰国列車が着いたという知らせが届くと、みんな引込線の方に走って行った。渡辺もそこで第四収容所で一緒だった堀内中尉、熊本少尉らと再会した。

「おお、みんな無事だったか。良かったなあ。何とかもうすぐ帰国できるだろうから、もう少し我慢して頑張ろう」

などと言い合った。第四収容所で別れてから二年ぶりだった。

渡辺が引き揚げ貨物船の永徳丸に乗船したのは昭和二四年（一九四九年）十月三十日。終戦から四年三ヵ月の捕虜生活だった。渡辺は第四収容所を出てから収容所をたらい回しにされ、知っている仲間とは離れ、ほぼ一人だった。収容所を出る時は、決まって「ダモイだ、ダモイだ」と言われ、騙《だま》され続けてきたという思いがあったので、帰国船がナホトカの港を離れ、洋上に出るまでは嬉しいという感情が湧いてこなかった。船内ではアクチブにいじめられた人たちが逆襲しているという騒ぎや、日本へ着いたら直ちに代々木《よよぎ》（日本共産党）に行くんだというアクチブの気勢も、あちこちから聞こえた。だが渡辺は「あと二日もすれば舞鶴《まいづる》に着くんだ。それまでは静かにしていよう」と心に決めていた。

三日目に海の向こうに日本の山が見え始めた。

「日本だ、日本だ」

舞鶴港に近づくと、デッキの上に上がって小さな声でつぶやきながら、ほとんどの人が目を濡《ぬ》らした。夢にまで見ていた日本が目前に現れたのだ。しかも海岸の松林、緑の山並み、着物姿の日本人の「お帰りなさい」の声。シベリアの凍り付いた雪景色やウズベキスタンの砂漠の色とは、まるで違った暖かい色だった。その時になって初めて「ようやく無事に日本へ帰りついた」という思いが胸に込み上げ、渡辺も涙を流し続けた。

「第四ラーゲル会」を作る

その後、ナボイ劇場建設に従事した収容所仲間は二、三年内にほぼ全員が帰国した。帰国船は明優丸《めいゆうまる》、大拓丸《だいたくまる》など様々だったが、日本本土の美しい緑の山々が見えた時は、ほとんどの人が「これで本当にダモイ（帰国）ができたんだなあ」と甲板上で涙を流した。

舞鶴港に着くと、みんな帰国の事務手続きをすませ、一日も早く自分の故郷を目指して帰郷の列車に向かったが、永田だけは舞鶴の宿に泊まり、自分に課した最後の仕事に没頭した。隊員たちの名簿づくりである。必死に暗記した隊員たちの住所を忘れないうちに紙に書き写した。自分の家に一刻も早く帰りたい気持ちを抑えて舞鶴に留《とど》まった。家族などと会っていると、折角暗記した住所、氏名を忘れてしまいそうに思えたからだった。

自宅へ帰りつくと、早速隊員たちや留守宅に手紙を出した。これがその後々まで残る「第四ラーゲル会」の名簿となり、第一回は昭和二四年（一九四九年）に会費三〇〇円で開いた。その後は、毎年一回永田が亡くなる直前の平成二一年（二〇〇九年）まで「第四ラーゲル会」が開かれてきた。

永田は帰国後しばらくしてから、戦後まもなく設立された岡村製作所《おかむらせいさくしょ》に入社（一九六一年東証二部に上場）。役員まで勤め上げた。昭和二七年（一九五二年）に結婚、二人の子供を授かり、毎年「ラーゲル会」を楽しみにしていた。

タシケントを思う

永田は学生時代から詩、短歌を書いていたが、帰国が決まった時、ナホトカで抑留生活の思いを詩にし、後にノートに次のように記している。

タシケントを思う

秋十月　午後の一時　劇《はげ》しき労働も終に近く　作業場の屋上に憩ふ。
東方遥《はるか》に天山《てんざん》の山脈《やまなみ》　白雲の嶺々《みねみね》は悠々として天に連る。
市街を廻る鉄路の上　列車の進行は止るにも似て　吐き出す煙淡く動かず
四周眼を遮る　無数のポプラ樹
雄々しき梢《こずえ》は　亭々として天を刺す
シルダリア河は　見え隠れに
曲り曲りて市街を縫ふ。
タシケント　森の都　此処《ここ》に私は三年の青春を送る
大陸の空気は水の如く
行き交ふ車
馬の響きも　街路樹の葉を顫《ふる》はすに止る。
タシケント　森の都　ユーラシア大陸の中央　敗戦は私を此処に送る
帰るにすべなく　悶《もだ》ふとも及ばず

あゝ理想と熱情と
人生の花たる青春の三年
虜囚の生活　囹圄《れいぎょ》の中
嘆くは愚なり　怒るは狂なり
されど諦《あきら》むるは　遂に不可能なり
過ぎ去り行きし三年の中
永遠に忘れざるもの
そは主義に非《あら》ず　更に人に非ず
彼の亭々として巨人の如く競ひ立ち
直に天を指す　ポプラ樹と
平原を限る　千古の嶺々と
魂を吸ひ込む如く　深き大陸の碧空《へきくう》と
三年の思出を秘む　タシケント　森の都

永田はその後の人生において、何度も抑留生活を思い出し、時折文章にも残した。詩や歌、哲学を好んだという永田らしい文章だ。

星に対す

夏季は室内暑苦しきにつき、往々にして寝台を戸外に持出し毛布一枚をひっかぶりて仰臥《ぎょうが》す。大陸の夜空は午后十時を過ぐる頃より一層の黒色を帯び手を伸せば届くかと思はれる程の星　金砂子を散《あら》けるやう近く、見ゆ。時として星を眺めて夜半に至ることあり。

夜半なり　一人戸外に佇《たたず》みて
　仰ぎて無数の星辰《せいしん》に対する時
吾《わが》心中に水の如く湧然《ゆうぜん》と起り来る思を抑ふ能《あた》はず
　こは喜にあらず　悲しみにあらず
星座に対してのみ起る謂《い》ひ難き感情なり

地上には平和と戦ひ　人々には愛と憎しみ
あゝ我等今社会の中に人となりて
営々として送る五十年の歳月
時として楽しみ　時として憂ひ
幾何《いくばく》かを得ては喜び　失ひては悲しみ
一塊の地球を舞台に
演じ来り演じ去る　劇の数々
名誉あり　富あり　恋あり
　　はた又失意あり
されど時ありて夜半一人
底知れぬ宇宙の深みに
　　散々として輝ける
彼の無数の星辰に対する時
吾が心中に湧然と水の如く生じ来る
　思を抑ふに能はず

此は喜に非ず　悲しみにあらず
星座に対してのみ起る謂ひ難き感情なり

本来であれば青春のまっただ中にもかかわらず、胸を押し潰《つぶ》されるような日々を永田は送った。第四ラーゲル会以外の場で、永田が抑留中のことを話すことも、ほとんどなかった。しかし、このように永田の残した手記や歌、詩には、タシケントへの思いがにじんでいる。これらを読むと、抑留中、一人で社会や人生、家族のことを真摯《しんし》に考えていたことが感じ取れる。「東京で生活していると仕事に逐《お》われ、考えることも忘れてしまう。タシケントは私にとって貴重な日々だったのだと、今にして思う」と記している。タシケントの日々も、確かに青春であったのだ。

若松律衛は帰国すると、故郷の秋田《あきた》県北の町、尾去沢《おさりざわ》村に戻った。三年も苦労したのだから少し養生してから生き方を考えようと思ったのだ。
しばらくしてから東京に出て、自分の建築技術を生かそうと旭工務所《あさひこうむしょ》に入社。東京駅前の丸《まる》ビル本社に五年ほど勤めた。昭和三〇年（一九五五年）に再び故郷に戻り、建築業を営んだ。秋田にいる間に何度かウズベキスタンに足を運び、仕事仲間だったアサードフとよく会った。またアサードフを日本に呼び、故郷の尾去沢村も案内した。若松にとっても、タシケントは忘れ難い青春の大きな歴史だったのだ。

渡辺豊は帰国すると、静岡《しずおか》で実家の写真館を継ぐとともに、カメラマンとして地元で腕をふるった。タシケントの捕虜生活は、決して良い思い出としては残っていなかったが、年が経つにつれ、タシケントを〝第二の故郷〟と感ずるようになった。故郷静岡でウズベキスタンの写真展も何度か開いた。

一九九八年に昔の仲間に呼びかけて、永田、若松、柴崎武、竹内実、阿部貞之、村上繁、新宮覚、渡辺京一、山戸潔、久保田元三の一一人でウズベキスタンを訪問、その後も何度かウズベキスタンを訪れた。訪問した際は、タシケントにある日本人墓地を訪れ、佇《たたず》んで手を合わせたまま動かず、静かに涙していたという。

現在も元気に外へ出歩ける人は数名になってしまった。大塚武《おおつかたけし》は、二〇一五年六月に眠るように亡くなった。前日まで外を元気に歩いていたので、周囲の人も驚いた、余りにも突然の逝去だった。遺影は優しい微笑みをたたえたもので、訪問する人を和ませた。四五七人いたメンバーは、ほとんどがすでに亡くなってしまい、今に当時のことを伝える人はわずかしかいない。

日本人伝説

一九六六年四月二十六日、タシケント市中央を震源地とする直下型大地震がタシケント市内を襲った。タシケントの街はほぼ全壊したと言っても過言ではなかった。

しかしその中にあって、あのナボイ劇場だけが、ほとんど壊れることなく悠然と、堂々と建ち続けていたのだ。レンガが崩れることなく、積み上げた形そのままに美しくそびえていた。ひとつひとつのレンガの積み上げ、張り付け、美しい目地の継ぎ目などをいかに丁寧に見栄えよく作り上げたかが、二〇年経ってもしのばれた。その地震がナボイ劇場を建設した日本人たちのことを思い出させたのである。

「さすがナボイ劇場だ。あの時働いていた日本人の労働、技術は本当に素晴らしかったんだ」

という声が一挙にタシケント中に広まった。

実は、ナボイ劇場と日本人の話は関係者の間ではよく話されていた。一九九〇年代後半、ナボイ劇場の館長でかつてのプリンシパルだったベルナーラ・カリエヴァはこう語っていた。

「この劇場工事が行われていた頃、私はまだ小学生の少女でした。よく作業現場を見に行きましたが、最初のうちはウズベク人たちが〝捕虜なのに、なぜあんなに一生懸命に仕事をするんだろう、普通なら捕虜というのはもっとサボるのに……〟と不思議がっていたほどでした。でもその仕事の確かさ、丁寧さ、真面目さはいつになっても変わらないので、そのうちウズベク人の眼差《まなざ》しが敬意の念に変わっていきました。

だから、仕事中に高い所から足を滑らせて亡くなった方がいると聞きましたが、その落ちた場所にウズベク人の多くが花を捧《ささ》げました。私の誇りは現役時代にこの劇場で何度も主役としてバレエを踊ったことです。今こうしてナボイ劇場の館長となり、時々、無人の客席に座って舞台を眺めていると、昔のことが思い出されてきて、とても気持ちが安らぐし、落ち着くんですよ」

そのカリエヴァは館長時代、来客には館内を案内した後、必ず最後に劇場裏手の外壁に埋め込まれた記念プレートを見てもらうようにしていた。そのプレートには、以前はウズベク語とロシア語、英語で「日本人捕虜が建てたものである」と書かれていた。

しかしこれを見た独立（一九九一年）後のカリモフ大統領が「ウズベキスタンは日本と戦争をしたことがないし、ウズベキスタンが日本人を捕虜にしたこともない」と指摘したうえで、「捕虜」という言葉を使うのはふさわしくないと、一九九六年に文言を作り変えさせた。

「1945年から1946年にかけて極東から強制移送された数百名の日本国民が、このアリシエル・ナヴォイー名称劇場の建設に参加し、その完成に貢献した。」

新しいプレートの文言である。文章の順番もまずウズベク語で記され、次いで日本語、英語、ロシア語の順に刻まれた（二〇一五年に盗難に遭い、現在のプレートにロシア語はない）。ナボイ劇場を見学する日本人の多くはこのプレートを見るが、これを読む日本人の大半はナボイ劇場建設の史実を知って涙している。

二〇一五年にナボイ劇場は約七〇年ぶりの改修を終えたが、新たなプレートがいま劇場の外壁にはめ込まれている。

あとがき

私がナボイ劇場建設の秘話を知ったのは、初めてウズベキスタンを訪れた一九九六年のことだった。数々のシルクロードにある世界遺産や、世界で五位以内に入る金鉱山の珍しい露天掘り、広大な綿花畑、巨大なバザールなどを取材した時のことだ。

もともとは、元大蔵省財務官でその後アジア開発銀行総裁となった故千野《ちの》忠男《ただお》さんが、ある日私に「嶌《しま》君、メディアの力でもう少しウズベキスタンのことを世の中に知らせてよ。日本《にほん》をモデルにしたウズベキスタン独立（一九九一年）後の国づくりは、明治維新の時の日本と日本人を見るようで感動させるものがある。ぜひ一度訪れて、日本人に日本との関係や懸命に国を建設している人々のことを新聞やテレビで報道して欲しい」と依頼されたことがきっかけだった。

私がＴＢＳの『報道特集』に話をもち込んだところ、スタッフとともにドキュメンタリーを作ることで支援してくれるという話になった。

その取材過程で知ったのが、首都タシケント市にある壮麗なオペラハウス・ナボイ劇場と、その劇場を作ったのが終戦時に満州《まんしゅう》から連行された日本人捕虜だった、という事実だった。

日本人のシベリア抑留の話は、悲惨な事実として知れ渡っていたが、中央アジアのウズベキスタンにも日本人抑留者が連行され、しかも旧ソ連《れん》ではモスクワ、サンクトペテルブルク、キエフと並ぶ四大オペラハウスの一つに数えられていたナボイ劇場をウズベク人らと一緒に建設したという話は驚きだった。

私は取材の中心をナボイ劇場の秘話発掘に置き、当時を知るウズベク人になるべく多く聞いてまわった。またナボイ劇場の外観や内装の素晴らしさなども見てまわった。

取材時には、当時の建設の主人公だった日本人の所在はほとんどわからなかったが、第一回目のドキュメンタリーを放送すると反響が凄《すさ》まじく、永田《ながた》行夫《ゆきお》隊長ら第四ラーゲル会の人たちと連絡がとれ、再放送を依頼された。当時、再放送はなかなか難しかったので約一年の準備期間をかけて「日本ウズベキスタン協会（後にNPO法人）」を九七年十一月に設立、同協会を中心に上映会を行った。さらにウズベキスタン、シルクロードをもっと知ってもらおうと、現在も展示会やシンポジウム、講演会、少人数の勉強会、ウズベク人留学生との交流会、ウズベク旅行会などを続けている。

ウズベキスタン独立一〇年の二〇〇一年夏には、恩返しの話で有名な團伊玖磨《だんいくま》氏作曲のオペラ『夕鶴《ゆうづる》』をナボイ劇場で上演することを計画し、国際交流基金の主催で日本人とウズベク人、留学生らの協力で字幕付きのオペラ上演を実行した。残念ながら團さんは公演の数ヵ月前に亡くなり、指揮はオペラ歌手佐藤《さとう》しのぶさんの夫である現田茂夫《げんだしげお》氏がとられた。元抑留者数十人は協会員とともに行き、超満員の観客の前で日本のオペラ歌手らがオペラ『夕鶴』を公演した直後に、永田さんら元抑留者が挨拶《あいさつ》の機会をもらった。

「この方たちがナボイ劇場の建設に関わった方たちです」

永田さんたちが紹介されると、観客全員が総立ちになり、万雷の拍手となった。永田さんら元抑留者、同行の会員たちがみんな涙したことが忘れられない。

帰りにはウズベキスタンで亡くなった方々のお墓をお参りした。また協会設立一〇周年には文化女子大、文化服装学院のご協力を得てウズベキスタンの現代ファッションショーなどを日本で催し、二〇〇〇人以上の人が参観した。

協会は二〇一八年で満二〇年を迎え、毎年の新年会には二〇〇人を超えるウズベキスタンと中央アジアの留学生と会員がやってくるようになり、タシケント市にも常駐会員がいるようになった。毎月一回程度の勉強会やイベント、社会見学、お花見会、新年会などを行う協会に成長している。この本を読まれ興味を持たれた方は、ぜひ「日本ウズベキスタン協会」のホームページをご覧ください。

なお、ウズベキスタンには収容所がタシケントのほかにも複数あり、同地で亡くなった人は一〇〇八人とされる。中山恭子《なかやまきょうこ》元ウズベキスタン大使ご夫妻や福島《ふくしま》県ウズベキスタン文化経済交流協会、抑留されて劇場建設にあたった故加藤金太郎《かとうきんたろう》さんらのご努力によって全国の有志から寄付が集まり、現在はウズベキスタン抑留地の各地に立派なお墓が建立され、春になると桜が咲いてくれる。

なお、タシケントのお墓はヤッカサライ墓地にある。タシケントの各収容所で亡くなられた七九人が埋葬されており、毎週ウズベク人の女性たちが清掃をしてくれている。

私はNPO法人日本ウズベキスタン協会を設立後、十年以上にわたって本書の取材、調査をしてきた。何度か途中で挫折したこともあったが、ようやく書きあげることができた。思い入れの深い本である。

執筆にあたっては、KADOKAWAの岸山征寛《きしやまゆきひろ》氏に多大なご協力をいただいた。また、講談社《こうだんしゃ》の藤岡雅《ふじおかただし》、毎日《まいにち》新聞社の伊藤芳明《いとうよしあき》、毎日《まいにち》新聞出版の黒川昭良《くろかわあきら》、峯晴子《みねはるこ》の各氏のご支援に加え、私の秘書の佐々木《ささき》倫子《のりこ》にも資料集め等で手伝ってもらった。

なによりも、ウズベキスタンに抑留された方々とそのご親族、NPO法人日本ウズベキスタン協会の会員の皆さんのご助力がなければ、本書は完成しなかった。元抑留者の方々から多くの資料や手紙をいただき、たくさんの方々がインタビューに応じてくださった。ウズベキスタンからの留学生のご協力にも助けられた。あらためて感謝と御礼を申し上げます。

二〇一九年八月

嶌　信彦《のぶひこ》

主要参考文献

【一般書籍】

植田　彪『シルダリアの彼方に　中央アジアに六年、戦友の墓を探して』十年社
ヴィクトル・カルポフ（著）長勢了治（訳）『［シベリア抑留］スターリンの捕虜たち――ソ連機密資料が語る全容』北海道新聞社
加藤九祚『アイハヌム―加藤九祚一人雑誌』東海大学出版会
加藤九祚『シベリアの歴史』紀伊國屋書店
加藤九祚（監）『偉大なるシルクロードの遺産展』キュレイターズ
下村吉訓『シベリア俘虜の記憶』文芸社
栗原俊雄『シベリア抑留　未完の悲劇』岩波新書
ジョージ・ケナン（著）左近　毅（訳）『シベリアと流刑制度I』法政大学出版局
曽布川　寛、吉田　豊（編）『ソグド人の美術と言語』臨川書店
関　治晃（文）萩野矢慶記（写真）『ウズベキスタン　シルクロードのオアシス』東方出版
セルゲイ・I・クズネツォフ（著）岡田安彦（訳）『シベリアの日本人捕虜たち――ロシア側

から見た「ラーゲリ」の虚と実』集英社
武光　誠『世界地図から歴史を読む方法』KAWADE夢新書
中山恭子『ウズベキスタンの桜』KTC中央出版
日本ウズベキスタン協会『シルクロード・中央アジア検定』日本ウズベキスタン協会
日本ウズベキスタン協会『追憶　ナボイ劇場建設の記録――シルクロードに生まれた日本人伝説』日本ウズベキスタン協会
半藤一利『昭和史　1926－1945』平凡社
文藝春秋編集部『文藝春秋　昭和57年9月臨時増刊号　臨時増刊　読者の手記　シベリア強制収容所』文藝春秋
味方俊介（著）ユーラシア研究所ブックレット編集委員会（編）『カザフスタンにおける日本人抑留者』東洋書店
山下静夫『シベリア抑留1450日―記憶のフィルムを再現する』デジプロ／東京堂出版
若槻泰雄『シベリア捕虜収容所』明石書店

【私的刊行物】
アジア研究『ダモイ』
イスラム・カリモフ　ウズベキスタン共和国大統領（著）サミットサービス（訳・編）『21世紀に向かうウズベキスタン』

岩佐荘平『捕虜用郵便』
梅山富弘『ウズベキスタンに桜の咲く日』
大塚　武『大塚武　経歴書』
加藤金太郎『野航文集』
加藤金太郎『ウズベキスタン　日本人墓地整備と顕彰碑の建立』チュアマ会
川口　浩『ソ連俘虜見聞記』
国際交流基金『オペラ　夕鶴脚本（2001年9月公演@タシケント）』
小林英三『望郷の1200日　タシケント（旧ソ連）抑留記』
小林英三『私の軍歴』
柴田秀夫『オペラ「夕鶴」公演に同行して』
ソ連における日本人捕虜の生活体験を記録する会『捕虜体験記』ソ連における日本人捕虜の生活体験を記録する会
チュアマ会『チュアマ第二号』
寺島幹雄『戦後いまだ終わらず　無念の叫び声が聞こえる』
永田行夫『詩集』
永田行夫『ナボイ劇場建設記録とタシケント第四収容所の思い出』
牧　冬彦『北露抑留記』
孫崎　享『中央アジア　その忘れられた人生』

松永昌一『過去を越え友好のハーモニー』
松永昌一『タシケントを訪ねて』
松永昌一『抑留生活の思い出』
松永昌一『我が半生の歩み　大連からナボイ劇場へ』
馬屋原範忠『馬屋原範忠記録』
室井　強『シルクロードの国　ウズベキスタン見聞記』
森崎忠孝『森崎忠孝氏手紙』
山崎優一郎『長白山を越えて』
山崎優一郎『敗戦から復員までの記録』
若松律衛『今昔シルクロード』
渡辺　豊（著）柴田秀夫（編）『ウズベキスタンの旅』
渡辺　豊『我が人生に悔いなし』

写真提供

永田行夫氏遺族
若松律衛氏遺族
渡辺豊氏遺族
大塚武氏遺族
ＮＰＯ法人日本ウズベキスタン協会

本書は二〇一五年九月に小社より刊行した『日本兵捕虜はシルクロードにオペラハウスを建てた』を改題の上、加筆修正したものです。
本文中に登場する方々の肩書きは、いずれも取材時のものです。

地図　本島一宏

嶌　信彦（しま・のぶひこ）
ジャーナリスト。1942年中国・南京市生まれ。慶應義塾大学経済学部卒業後、毎日新聞社に入社。ワシントン特派員などを経て、東京本社経済部を最後に87年毎日新聞社を退社し、フリーとなる。『グローバルナビ フロント』をはじめ、『朝ズバッ！』『ブロードキャスター』『JNNニュース22プライムタイム』『森本毅郎・スタンバイ！』等、数多くの番組で司会・解説者を務めてきた。現在は、『嶌信彦　人生百景「志の人たち」』でパーソナリティーを務める。著書に『日本人の覚悟』等多数。NPO法人日本ウズベキスタン協会の会長職にもある。

伝説《でんせつ》となった日本兵捕虜《にほんへいほりよ》

ソ連四大劇場《れんよんだいげきじよう》を建《た》てた男《おとこ》たち

嶌《しま》　信彦《のぶひこ》

2019年 9月 10日　初版発行
2024年 4月 10日　再版発行

◆◇◇

発行者　山下直久
発　行　株式会社KADOKAWA
〒102-8177　東京都千代田区富士見2-13-3
電話　0570-002-301（ナビダイヤル）

装丁者　緒方修一（ラーフイン・ワークショップ）
ロゴデザイン　good design company
オビデザイン
口絵デザイン　Zapp!　白金正之
印刷所　株式会社KADOKAWA
製本所　株式会社KADOKAWA

角川新書

ISBN978-4-04-082322-5 C0295

KADOKAWAの新書 好評既刊

なぜイヤな記憶は消えないのか
榎本博明

なぜ同じような境遇でも前向きな人もいれば、辛く苦しい日々を過ごす人がいるのか。出来事ではなく認知がストレス反応を生んでいる。そう、私たちが生きているのは「事実の世界」ではなく「意味の世界」なのだ。

同調圧力
望月衣塑子
前川喜平
マーティン・ファクラー

自由なはずの現代社会で、発言がはばかられるのはなぜなのか。重苦しい空気から軽やかに飛び出した著者たち。社会や組織、友人関係など、さまざまなところを覆う同調圧力から自由になれるヒントが見つかる。

なぜ日本の当たり前に世界は熱狂するのか
茂木健一郎

こんまり現象、アニメから高校野球まで、止まるところを知らない日本ブーム。「村化する世界」で時代後れだと思われていた日本人の感性が求められている、と著者はいう。「礼賛」でも「自虐」でもない、等身大の新たな日本論。

生物学ものしり帖
池田清彦

生命、生物、進化、遺伝、病気、昆虫——構造主義生物学の視点で研究の最前線を見渡してきた著者が、暮らしの身近な話題から人類全体の壮大なテーマまでを闊達に語る。肩ひじ張らない読めばちょっと「ものしり」になれるオモシロ講義。

反-憲法改正論
佐高　信

宮澤喜一、後藤田正晴、野中広務。異色官僚佐橋滋。澤地久枝、井上ひさし、城山三郎、宮崎駿、三國連太郎、美輪明宏、吉永小百合、中村哲。彼らがどう生き、憲法を護りたいのか。著者だからこそ知り得たエピソードとともにその思いに迫る。

KADOKAWAの新書 ❦ 好評既刊

未来を生きるスキル

鈴木謙介

「社会の変化は感じるが、じゃあどう対応したらいいのか?」どうしようもない不安や不遇感に苛まれている人たちへ。本書は今、伝える「希望論」であり、どのように未来に向かえばいいのかを示す1冊である。

ゲームの企画書① どんな子供でも遊べなければならない

電ファミニコゲーマー編集部

歴史にその名を残す名作ゲームのクリエイター達に聞く開発秘話。ヒット企画の発想と創意工夫、そして時代を超える普遍性。彼らの目線や考え方を通しながら「ヒットする企画」を考える。大人気シリーズ第1弾。

ゲームの企画書② 小説にも映画にも不可能な体験

電ファミニコゲーマー編集部

歴史にその名を残す名作ゲームのクリエイター達に聞く開発秘話第2弾。ヒット企画の発想と創意工夫、そして時代を超える普遍性。最新技術を取り入れながら、いかに最高の体験を企画するかを考える。

ゲームの企画書③ 「ゲームする」という行為の本質

電ファミニコゲーマー編集部

歴史にその名を残す名作ゲームのクリエイター達に聞く開発秘話第3弾。ヒット企画の発想と創意工夫、時代を超える普遍性。栄枯盛衰の激しいゲーム業界で活躍し続けるトップランナー達と、エンタメの本質に迫る。

競輪選手 博打の駒として生きる

武田豊樹

「1着賞金1億円、2着賞金2,000万円」最高峰のレースはわずか1センチの差に8,000万円もの違いが生まれる。競輪――人生の縮図とも言える「昭和的な世界」。15億円を稼いだトップ選手が今、初めて明かす。

永田隊長が信頼した渡辺豊氏(写真中央)

隊長を務めた永田行夫氏

工事の総監督を担った
若松律衛氏(写真前列中央)

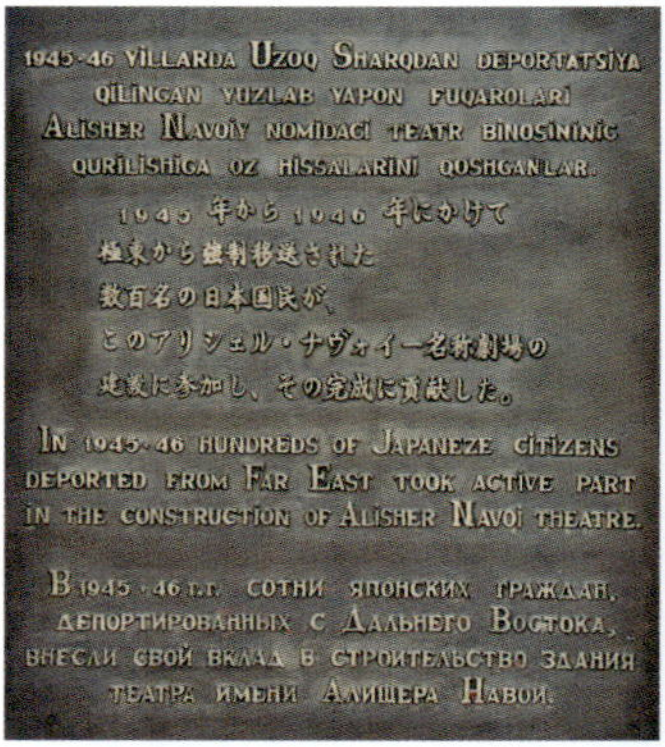
1945-46 YILLARDA UZOQ SHARQDAN DEPORTATSIYA
QILINGAN YUZLAB YAPON FUQAROLARI
ALISHER NAVOIY NOMIDAGI TEATR BINOSINING
QURILISHIGA OZ HISSALARINI QOSHGANLAR.
1945年から1946年にかけて
極東から強制移送された
数百名の日本国民が、
このアリシェル・ナヴォイー名称劇場の
建設に参加し、その完成に貢献した。
IN 1945-46 HUNDREDS OF JAPANEZE CITIZENS
DEPORTED FROM FAR EAST TOOK ACTIVE PART
IN THE CONSTRUCTION OF ALISHER NAVOI THEATRE.
В 1945-46 г.г. СОТНИ ЯПОНСКИХ ГРАЖДАН,
ДЕПОРТИРОВАННЫХ С ДАЛЬНЕГО ВОСТОКА,
ВНЕСЛИ СВОЙ ВКЛАД В СТРОИТЕЛЬСТВО ЗДАНИЯ
ТЕАТРА ИМЕНИ АЛИШЕРА НАВОИ.

ナボイ劇場に掲げられていた記念プレート

伝説となった日本兵捕虜

ソ連四大劇場を建てた男たち

ナボイ劇場側面の飾り彫刻。
これも日本兵の手による

今井班が取りつけた劇場観客席の天井のシャンデリア

柱に施された美しい彫刻

劇場側面。日本兵が植えた木は見事に育った

日本兵捕虜が建てたナボイ劇場。その外観